毛守救援——
用一生守護流浪毛孩

作者簡介

陸家捷（Kent）

2015 年創辦毛守救援

2024 年開辦毛守獸醫中心

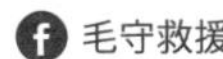

@paws_grs

目錄

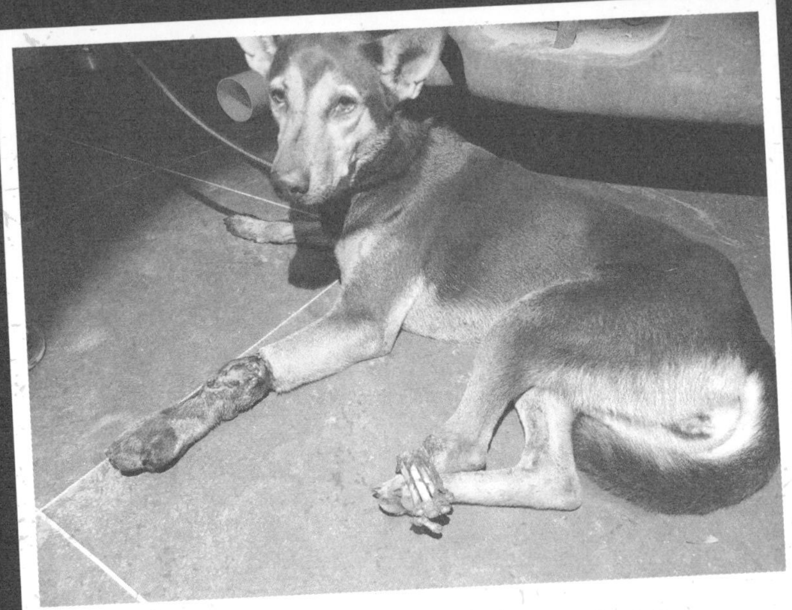

用一生守護流浪毛孩

第一章：成立初心

Q1. 小時候跟動物有過任何深刻的經歷嗎？

K 我全家人都不太喜歡動物，家裡沒有養貓或狗，反而隔壁的家有養狗，我經常前往跟狗隻玩耍，我覺得養狗的好處是可以跟牠聊天。小時候我讀的小學，有一隻由校工飼養的唐狗，白天被綁在校工宿舍的後樓梯，挺可憐的，晚上才會被放出來在學校走走。

我試過偷偷養狗，就是這隻唐狗。每天家人會為我預備三文治作為早餐帶到學校吃，我會選擇不吃或只吃少許，然後將大部分留給唐狗吃。到小息時，同學們爭相到小賣部買零食或去打乒乓球，我就會偷偷走到校工宿舍探望那隻狗。起初牠對我很兇惡，一個多星期後牠就很親近我，一聽到我的腳步聲就會不停扭動身體及吠，因為知道我有食物帶給牠。同學們大多怕狗，所以只有我一個人前去，只有我跟牠聊天及玩耍，越跟牠相處我越來越喜歡牠，覺得牠很可愛。那隻狗沒有名字，但牠真的很乖巧，就這樣我們相處了一個學期。

突然有一天我見不到牠，不敢問因由，當時也不覺得是怎麼一回事。長大後爸爸告訴我，原來是校長叫校工把那狗隻送走，他還接見了我的爸爸，著他送我到特殊學校讀書。校長說我跟其他同學不一樣，經常跟狗隻聊天，覺得我有問題，腦袋不正常，當時未有「妄想症」這些名詞。原來一直以來我抱著狗隻聊天的事被學校發現了！

當然爸爸最後沒有送我到特殊學校，可能是怕轉校麻煩吧！要轉去特殊學校也不是那麼容易，所以得過且過。我也不覺得是一種侮辱，那個年代的小朋友也不像現在說什麼「自尊」。

那時我隔壁的家養了兩隻狗，到現在我還記得牠們的名子，每天放學我就去找牠們玩，上學就找那隻唐狗玩，我不是覺得同學難相處，只覺得他們的玩意很無聊。到長大了出來工作，遇到人家不要的狗隻我就拿回來養，越養越多，就這樣開始跟動物結緣。

Q2. 你原來從事廣告行業，能夠賺到錢及過上優質的生活，是什麼轉捩點驅使你有這樣重大的轉變要成立毛守？

K 這是價值觀的問題，當年我做廣告是最蓬勃的時期，能夠賺取到不俗的收入，直至進入數碼年代才逐漸式微。數碼年代前，每個月賺取二十多萬元是很平常的事，我都揮霍了不少金錢在買錶、玩車、旅行、釣魚等各方面，直至有一次要去元朗那邊取景拍攝，當開車駛經大棠路一間鐵皮屋的垃圾站時，我在倒後鏡看到有一隻幼犬在馬路邊爬出來。說時遲那時快，有輛小巴把小狗撞倒，當場死亡。

我把車停在路邊，當年沒有什麼動物權益，撞死了就是撞死了，很可憐，我把血淋淋的屍體搬到一旁。接著我往垃圾站那邊看，發現有一個紙箱，裡面還有數隻幼犬。我只好將所有幼犬帶走。那是第一次面對死亡，內心非常驚慌，心想如果將其他小狗置之不理，稍後又有另一隻小狗爬出馬路怎麼辦？一想到此就覺得很可憐。後來才知道原來很多圍村人找狗隻來看門口，但又不會替牠們絕育，當母狗生產一群幼犬後就隨便棄置到垃圾站，望有好心人收留。臨離開垃圾站前，我在牆身寫上「珍惜生命」四個大字，並留下自己的電話號碼。

接下來的日子就收到很多來電，要求收留狗隻、帶狗隻看醫生，或關於動物的各項查詢。那時我才知道那些圍村人不會養名種狗，只會養唐狗。以前我自己養狗，會養狼狗、哥基、金毛尋回犬、拉布拉多等，在街上偶然會看見唐狗，但從不會進入牠們的世界。直至這次經歷，我才知道那些人利用唐狗看門口，例如露天停車場或倉庫，他們不會餵飼狗隻，任由牠們自行上山找食物，病了又不理會，生了寶寶亦只會扔掉，自生自滅，唐狗的世界原來是這樣悲哀！

了解過後我想幫忙這些狗隻，第一件事就是為手上的幼犬安排領養，當時並未流行社交媒體，我只能到處問人，還記得要花半年時間才能將所有狗隻送出。這件事令我明白到唐狗的命運坎坷，一生會遇到很多阻滯，這段時間我反思了很多，應該怎樣做呢？於是開始接觸義工世界，並上網搜查

有關動物的資訊，看到有些專頁或群組顯示有狗隻走失，就膽粗粗嘗試走去捕捉，當下什麼都不懂，只拿著一條狗帶就出發。

那時香港沒什麼人捉狗，亦沒有那麼多先進的工具，全靠自己去研究用什麼方法和工具會比較順利。大家都知道動物義工是女性多於男性，很多粗重的功夫和上山下海搜捕對女性有一定困難，久而久之我就越多嘗試去幫忙捉狗。我本身的廣告工作是自由工，沒有工作時白天就可以出動救狗。我發現救狗的義工有很多，但大家都會選擇捕捉某些品種的狗隻，例如貴婦狗，只要是名種、體型細小、年幼，就特別多人去捉，因為捉到一隻貴婦狗並收留在家很容易，但要放一隻大唐狗在家就很困難；所以大家都會趨向捉幼犬，而不會去捉狗媽媽。

我又見到很多受傷的唐狗，例如被車撞或打架被咬傷，躺在地上無人理會。因為如果你想幫牠，第一你要捉到牠，第二要帶牠看醫生，第三要收留牠，當時大家都沒有狗場，你不可能收留牠直至痊癒，分分鐘要花上半年時間。看醫生已經花費不少，還要找個地方收容牠，要找暫托及安排領養，每一步都很艱難。尤其是唐狗體型比較大，而且很少跟人類接近，對人不信任，相對會兇惡一點，加上年老、皮膚病、傷殘等問題導致樣子不討好，所以很少人會救牠們。

於是我決定成立毛守，幫助這些最低層、最沒人想救的動物，但即時面對一個很大問題，就是我沒有狗場，幸好我在工業大廈有自己公司，可以在公司設置圍欄擺放動物，又可找朋友暫托，兩隻、三隻、四隻、五隻一直救，不過安排領養也是一個大問題，因為很少人領養唐狗。後來跟相熟義工決定租用一個露天地方作暫時寄養，有了地方後變相令問題惡化。以前地方不足你不敢救，現在有地方就全部救回來，越救越多，要搬的地方就越來越大。過程中發覺要籌募經費，因為我們救回來的狗隻大多傷勢不輕，涉及的醫療費用驚人。

我記得那時開始救被烏蠅蟲侵擾的狗隻，需要用上昂貴醫療級麥蘆卡蜜糖敷傷口才能有效殺菌，一瓶要二、三千元，每天都要為傷口更換紗布，四、五隻狗一起用的話， 兩天就用完一瓶。還有防蝨、杜蟲、狗糧，統統都是錢。最初沒有想到籌款，只是不停付出，漸漸發現這樣行不通，除非你不再救，於是開始嘗試籌款，但一試就被人罵，說籌款一定要提供相片顯示狗隻的情況，沒有相片就無法分辨真偽；到發放相片後，又有人出來瘋狂指罵，說我們刻意把狗隻弄傷去籌款，居心叵測。

我知道咒罵我的人很多都是同行，因為他們沒有這樣做，所以不滿我們這樣做。惟當時我們實在非常拮据，救回來的狗隻數量繁多，每隻都要繳付醫藥費，又要付場租，買糧食，打針食藥。我們嘗試徵集物資，毛巾、被子、豬仔板、狗籠，盡量節省開支。其實我自己已付出很多金錢，但覺得再這樣下去不是辦法才決定募捐，結果被人開名痛斥及公審。

當刻覺得很難受，我又沒有做壞事，為什麼要對我說三

道四？現在回望都是一場歷練，令我可以更加大無畏地去做自己想做的事，不再想太多無謂的事。當你過於在意別人的想法就什麼都不用救了！你很難令他明白你在做什麼，明白就明白，不明白就算，解釋都會被視為掩飾，先入為主就是這樣。經過長年累月後，毛守才逐漸得到人們的信任， 我時常說毛守是在欺凌中成長，時間可以證明很多東西。

Q3. 毛守主力拯救貓狗嗎？

K 貓狗最常見，近期貓比較多，狗比較少，可能與相關條例139B修訂實施有關。毛守救過很多動物，很多人都知道我曾鋸牛角，因為牛角插著牛眼睛，最終我被判罰款，幸沒有留下案底。

那隻牛在錦田，牠不是流浪牛，但主人不理會牠。這隻牛的角長得比較奇怪，一隻朝天一隻向地，義工跟我說這隻牛常常在壆圍附近出沒，其中一隻角剛剛碰到眼睛。我不知道牛角的生長速度，只知道如果不快點捉到牠及鋸去牛角，牠肯定會失明。最後我找到了牠，膽粗粗買了一把電鋸，並參考相關視頻，了解牛角的神經在哪裡，然後拿一條繩拋向牛頸把牠圈住，繩的另一端纏繞附近最粗壯的一棵樹，一直兜圈慢慢把繩收緊，就像天星小輪靠近碼頭泊船時。接著用電鋸切割約四吋牛角，幸好沒有觸及神經，完成後便把牛放走。

當時我沒有發任何帖文講述事件，但不知為何有人得悉

這件事並報警，然後我被帶上法庭，罰款九千元。法官都想不到用什麼罪名控告我，又不是無牌行醫，他休庭思考了很久，說這是首宗有人鋸牛角事件，不知道應告什麼罪名，之前亦沒有案例，但因為有人舉報，警方錄了口供，所以一定要處理，唯有說我不是獸醫而行使工具鋸牛角。

Q4. 創辦毛守除了可以積極參與前線救援工作外，你是否也希望可以喚醒更多人對保護動物的關注？

K 是，毛守面書有十多萬追蹤者，不多不少會令大家更關注這個議題，我又臉皮厚，經常公開說這些說那些，所以大家對毛守都不會陌生。無論你喜不喜歡，久而久之都會令更多人重視這個議題，令大家更善待動物，達致共融。

就以國內為例，雖然仍然有吃狗肉的風氣，但比以前已經收斂很多，因為現在這樣做會被人罵，承受一定壓力，南韓政府也因為來自民間的壓力而立法通過禁吃狗肉。這些都需要時間改變，不可能一朝一夕達到，但希望持續向好的方向發展。

政府現正研究香港動物福利法，就是希望動物的福利受到保障，例如列明主人應有的責任，如果動物有病或受傷而不帶牠看醫生，就可以作出檢控，如證明動物生命有危險，督察級以上可以破門入屋拯救執法。

這樣不僅能夠懲罰失責的主人，亦能令動物地位有所提升。我們很歡迎這樣的法例，雖然仍然落後於其他地區，但總算慢慢地進步中，希望盡快推行香港動物保育和香港動物福利法。

用一生守護流浪毛孩

第二章：我的日常

Q1. 無論是社交平台出帖文，還是接聽救援電話，或趕赴現場進行救援工作，都是你一手包辦？

K 義工間中會幫忙出帖文，我做不了那麼多便將情況轉告對方，再由對方整理後發文。至於接聽電話，凡是打救援電話號碼的我都會接聽，你不知道是否真的需要救援，不接聽可能會出事。有時都覺得很奇怪，一天二十四小時都有來電，早上九時別人開始上班，就會收到電話查問銀行號碼表示想捐款，有人表示想要收據，亦有人表示「我有一個舊狗袋，你想要嗎？」「我有一個舊狗籠，你介意前來取嗎？」

還有很多診所來電，詢問你要不要讓留院狗隻做手術？預約何時覆診？或提示繳交手術費等諸如此類，這些是無法交由義工跟進，因為他們沒有參與前線救援工作，根本不知道哪隻貓狗被送到哪間診所，是小白還是小黑都分不清。

Q2. 救援的工作大多在深夜進行，捱更抵夜會否覺得很辛苦？

K 不會覺得辛苦，對我而言是工作的一部分，我習慣在晚間工作至天亮。由於家位置偏遠，所以不會天天回去休息，而是回公司，爭取在睡覺前的少許時間照顧動物，公司的狗隻及貓隻加起來上百隻。我已非常適應這種生活模式，但是在晚上進行救援不多不少會影響接著的醫療程序，這是我最擔心的部分。拯救動物後總不能待上兩三天才送到醫生手上，牠們往往都是處於嚴重及緊急的情況。

幸好現在有了自己的獸醫中心，整個救援程序就順暢得多。以往拯救動物後還要四處頻撲找願意接手的醫生，不時站在街頭乾著急，靜待醫生回覆預約時間，還要擔心高昂的診金，見一見醫生放下四至五萬元也是等閒事，又怕醫生看過後說拯救不了，總之就是一連串擔憂。

現在有了自己的診所，壓力就沒有之前那麼大，心態上輕鬆一些，至少沒之前委屈的感覺。救援工作吃力不討好，有時去到獸醫診所會遭受白眼，不是被醫護人員歧視，而是其他客人面有難色。這也難怪，就好像人家在髮型屋整理頭髮，突然有一名露宿者闖進來， 頭髮一塊塊的， 任誰都會有負面反應！我們拯救的狗隻大多身上都有傷，發出難聞氣味，通常我們會站在診所門外等候，以免影響其他客人。

做了救援工作這麼久，最深感受就是很多動物都十分可憐，牠們很怕人很怕事，晚上夜深人靜捕捉牠們的機會比白天大很多。說真的， 坊間獸醫多的是，問題是你首先要捕捉到那隻動物才能幫助牠，而捕捉動物本來就不是一件容易的事，不是有很多人有相關知識及經驗。

我想主力做關於動物保護、動物權益及動物福利的事，不是說要在香港推動動物保護那麼弘大，只是希望能在這方面多做一點，其中我覺得一定要做的就是需要有更多人懂得捕捉動物，現在真的沒什麼人有興趣做。大家不時看到一些受傷的狗隻在街頭流離浪蕩數天，但都沒有人前來救援，真是一件令人很痛心的事。

我希望毛守的出現可以改變牠們的命運，在捕捉這件事上我是比較堅持，今天捕捉不到就等明天，明天捕捉不到就等後天，我相信終有一天會捕捉得到，然後扭轉牠的命運。

Q3. 你這樣捱更抵夜，每日睡這麼少，又沒有特定休息時間，會否擔心熬出病來？

K 到目前為止我都很健康，是最近被一隻水牛撞了一下，算是近年傷得最嚴重的一次，發不了力及深呼吸痛，原來是骨裂及骨折，但現在已經大致康復過來。當時醫生要求我至少臥床一個半月，我轉頭簽了文件便出院，每天繼續做救援工作，但會選擇一些較易處理的，不用花很大體力。剛出院頭十多天很痛楚，因為鎖骨移位，連深呼吸都痛，有時站立蹲下都會有拉扯感覺，幸現在已八成痊癒。

Q4. 你經常在夜闌人靜進行救援工作，會否覺得很寂寞很孤獨？

K 這是必然的，一個人吃飯，一個人拯救動物，一個人搬運一套網及捕捉器到山上，無論是否成功捕捉，也要一個人將相關工具帶走，大部分時間都是自己一個人進行。不過一個人也有一個人的好處，我只需要關顧及調節自己的心理狀況，就不會覺得辛苦及孤獨。所有艱苦、寂寞、無助、徬徨都是心理狀態影響，只要你懂得調節及克服就沒有什麼大不了。

當我覺得疲累時就坐在車上，開少許車窗小睡片刻；當我覺得肚餓時就到二十四小時營業的茶餐廳吃點東西。我曾經試過很不開心，很想放棄，三更半夜在車上痛哭，哭過後根本不知道自己到底因何哭，於是拭乾眼淚繼續前往救援。

雖然曾經試過放棄，但過一段時間又發覺不能放棄，重新上路，這就是我一路走來的心路歷程，過程中我透徹了解自己需要什麼或想做什麼，我正在做著自己想做的事，並沒有人勉強我，是因為自覺做得有意義才心甘情願去做。你不要抱怨說只有自己一個在做，沒有人陪伴，又要抵禦天寒，捱更抵夜。這些想法都是不切實際，最重要是你做到你想做的事，這樣已經很足夠。

那時候想放棄的原因是什麼？因為受到很多批評和責罵，覺得很無助和冤屈，事實既不是這樣亦不是那樣。而且不時傳來一些謠言，好像最近我們有了自己的診所，但未正式對外開放，就有義工跟我說外界流傳有一名義工將拾獲的一頭狗隻交到一間尚未開業的診所，結果狗隻受到感染需要截肢。雖然沒有指名道姓，但外界猜測所指的是毛守。我年中都聽到不少謠傳，既沒有狗隻具體的品種、毛色、名字，又沒有說明在哪裡拾獲，送去的地方又是否真的一間診所？全都是道聽塗說。以前我聽到會很不開心，很焦急想去跟別人解釋，「我們毛守沒有你們所說的情況，我們的狗隻全部都很健康。」現在我會採取置之不理的態度，這些都與我無關，人家又沒有指名道姓，我又何必急著去對號入座解釋？而且他們口中所說的情況根本不會在毛守發生，無論如何狗隻也不可能在診所受到感染至截肢，尤其我們新開的獸醫中心非常專業，這些指控根本不合理，亂說一通。

我不知道是否我的同行所作所為，這麼多年來我都一直被人抹黑，已經沒有所謂，任由你說什麼，我都懶得去回應。只是造謠沒有成本，他跟一百個人說，只要有一個人相信他的說話，他都是得益者。而我就要花上不少成本去澄清，我都忙得不可開交，還要費心神去處理這些事情，所以我選擇少說話，多做實事，你明白就明白，不明白我解釋也沒有用。很多人也未必有足夠智慧去明白，那就算了，我是抱持這種態度。現在都被人誣衊了一段長時間，而我只用一個方法應對，就是你越說我越用心去做，越做得好，好到令對方更不開心，就是這麼簡單，這就是我應付謠言的對策。

Q5. 有否統計過每日平均睡眠時間是多少？

K 最近獸醫中心成立，增加不少額外工作，平均睡三小時左右，如果沒有來電，就可以睡上四小時。我通常在清晨五、六時下班，之後回公司照顧一下動物，然後洗澡，大約早上八時半、即大多上班族準備開始工作時，我就準備睡覺。

一般早上十一時許開始收到來電，到十二時許就會有更多各式各樣的來電，例如診所護士致電報告一下動物的最新情況，你總不能跟護士說自己正在睡覺，請下午五時再聯絡。另外還會收到很多電話包括預約、送貨、收票等，全都由我一個人應付。其實是有其他電話可以疏導情況，但一般人都慣了撥打社交媒體上刊登的救援電話號碼，而這個電話一定是由我接聽。我不想因此而關掉手提電話，怕錯過了救援請求。

Q6. 你平日有什麼娛樂嗎？

K 沒有什麼特別娛樂，最多就是每天早上洗澡後上網瀏覽視頻，我比較喜歡看評論，飲食、釣魚、組裝汽車等節目，喝杯咖啡及吃點小食，然後就去睡覺，每天的私人時間就只有這一個多小時。

Q7. 毛守佔你人生的比例是多少？三份二時間？

K 絕對有，甚至更多， 無論我身處香港哪一個地方，我也脫離不了這件事。接到一個電話就要前去了解，永遠都處於一個stand by狀態，不可能全心全意休息。除非我去旅行，那麼我接到電話也做不了任何事情，不過我已很久沒去旅行，因為真的沒法出走半步。計算一下都有八年，上一次出外是帶同捕貓籠到珠海捕捉貓隻，之後開車到深圳看醫生做手術，再找當地義工幫忙安排後續領養，去了整整三天，嚴格來說也算不上是旅行。再上一次就是到澳門捕捉一隻慘被捕獸器纏住的狗隻，那次也不可算是旅行。如果要說真正的旅行，可能是八、九年前，2015年毛守成立之初，之後就再沒有外出旅行，每天都埋頭苦幹處理毛守的事。每星期也沒有指定休息日，年終無休，電話一來就出動，年三十晚、大年初一也如此。

Q8. 你會否覺得自己的世界只有拯救動物這一回事？

K 我對生活的要求很低，現在回看2015、16年剛成立毛守時的受訪片段，當時所穿的衣服到目前仍然穿著。我對衣著配搭毫不講究，打開衣櫃隨手拿到哪件就穿哪件，穿至破爛才會買新，然後買四條差不多顏色的褲子便算。

未有毛守之前，我喜歡玩車，去旅行，出國釣魚，一個月去一次小旅行，兩個月去一次大旅行。現在不會這樣過日子，胡亂浪費金錢，腦裡想到的都是動物的事，有錢不如多買幾支防蝨防牛蜱滴劑，讓狗狗舒服些。

Q9. 身邊人包括家人及好友是否支持你正在做的事？他們有何意見？

K 我覺得他們內心是支持，但不會說出來，因為他們見我已日以繼夜、幾乎不眠不休去做動物救援工作，如果他們開口表示支持，怕我會更加投入到不能自拔的境界，這未必是好事。

我朋友不多，因為根本沒有時間跟朋友相處，跟家人亦很少見面，有時相約飯聚，吃到一半就要離場，這是經常發生的事，我很怕有一隻受了傷的動物在等我，待我吃完飯後牠已經死亡，這是我不想見到的事。飯什麼時候都可以吃，但生命沒有第二次，所以會盡能力去做。

Q10. 有沒有一些與動物之間的深刻經歷，令你覺得牠們很有靈性？

K 我不會過於神化動物，你對牠的感情是一回事，牠對你的感情是另一回事，不會說我救了一隻狗，就覺得牠應該要報答我，對我很熱情。每隻動物也有牠的個性，我又不會刻意去訓練動物，我喜歡動物，不代表要牠做一些令我滿意或有成功感的事。但如果是毛守救回來的狗隻，我們的義工或暫託家庭是會教牠懂得某程度上的禮儀，不是為了炫耀，而是希望令牠更容易踏上被成功領養之路。

但是我自己養的狗，我是不會刻意訓練牠們，狗是應該有自己的性格，不應該為了想獲取零食而改變自己。狗是一種可以改變自己性格去配合人類的動物，全世界只有這種動物會這樣做，豬、牛、羊、馬，連貓都不會這樣做。我覺得教狗隻迎合人類，牠一代一代的DNA就會改變，牠就不是一隻狗了，當然這只是我的看法，不代表大家的看法。

你問有沒有動物觸動過我，有，我感覺到很多被救回

來的狗都很乖，性格跟之前完全不一樣，牠好像很認真思考過，有家庭收養是很難得的事，要好好珍惜，所以表現得很乖巧，牠們好像覺得這是最後機會，如果這次無法被收養，就可能要終生流浪或被安置到狗場，所以表現得很「生性」。有時我會問領養人，「毛守的狗頑皮嗎？」他們大多都回覆：「嘩！乖到不得了！」「我未見過這麼乖的狗。」所以我覺得狗很「有性」，人類未必能夠明白，我們對動物的認知十分有限。

動物和人的感情是很難用文字或語言表達出來，那種感覺是你自己才知道，無法寫出來，但是你會被觸動，之前如果動物被人虐待或者騷擾，我會變得很瘋癲，控制不了自己，「想同佢死過」，現在我會盡量控制，不要那麼火爆。

用一生守護流浪毛孩

第三章：救援分享

Q1. 可否介紹一下有哪些基本救援裝備？

K 有不少細微地方需要考慮，你要捕捉一隻狗，首先最簡單一定要有照明，你需要強力的頭燈，在黑漆漆的山上，如果頭燈不持久耐用，燈光不夠強，就會非常麻煩。第二就是確保安全，避免被蛇咬，及要穿著足夠禦寒衣物。第三就是工具，包括網、棍、P繩狗帶。成功捕捉後需要狗籠，不可能徒手拉牠下山。將狗隻放到狗籠後就需要研究如何運走，狗隻會在籠裡亂衝亂撞，加上狗籠的重量，你需要木板車協助。但只有平路才可以用木板車，如果是山路就用不到。

當中有很多事情需要衡量，最終影響能否成功拯救，隨著經驗越來越多，就會知道要怎樣做。日積月累的經驗會告訴你狗隻的反應如何，牠會走到哪個方向，藏身哪個位置，你就到那個地方搜捕。

有時候未必一次就能捕捉牠，或會花上數天時間，要計算什麼時候等待最適合，及要用什麼方法捕捉。成功捕捉後要第一時間送到診所，事前要預約好，然後清洗及處理傷口，

滅蝨， 驗血，最後安頓牠。

如果經驗不足，你很可能捉也捉不到，即使成功捕捉，放入籠裡也絕非易事，之後又要搬籠下山，下山後又未必找到醫院收留。可見如果不熟悉整個程序，會遭遇到很多阻力。我覺得經驗是累積的，日子有功就會變得熟手及爽快，我們的工具夠多又夠齊，車上什麼藥都有，有游繩，有防水的東西，當出動的次數頻繁，你自然就會知道要帶備哪些工具。

我做了動物救援這麼多年已成習慣， 一般估計到狗隻的情況有多嚴重，要怎樣捉、怎樣搬。有人說我熟悉全港各區，其實我只是比較熟悉村落，那裡的村公所、公廁位置都十分清楚，因為村落比較多貓狗，需要經常出動。

反而有次朋友相約我前往尖沙咀一個大型商場，我完全不知道位置何在，亦根本不知道有這麼一個商場，因為那區沒有流浪貓狗，我就從沒有去過，我不會逛街，沒有什麼娛樂。我的工作地點就是新界北，荒山野嶺、水渠下。

Q2. 可否分享最難忘的一次救援經歷？

K 有時做救援我會自視過高，當我想去拯救一隻狗時，往往會忘記自身安全，到事後檢討時會提醒自己下次不要重蹈覆轍， 如果發生意外就會很麻煩，這個我是心知的。但下次再見到狗隻發生意外時， 我想我還是會一鼓作氣衝過去。一直以來沒有出事，算是非常幸運。

記得有一次正值刮颱風，一隻幼犬走到黃大仙一條排水道，之前消防員和其他動物組織嘗試拯救，但用錯方法，他們從上而下驅趕，令狗隻由上一級跳到下一級，越跳越低，一直趕入下水道。當時我不在現場，但正確做法應該由下而上驅趕，因為幼犬不可能一直向上跳，排水道每一級都有一定高度，向上驅趕最終會迫使牠無路可退，便可捕捉成功。但現在為時已晚，幼犬已被迫進下水道，地下集水道是一個大黑洞，傳來猛烈水聲，時值颱風期間，實在太危險，都不敢再前進，拯救人員也不會一命換一命，只好放棄拯救。

那天我下班的時間是晚上八、九時，得悉這個情況後便

和義工趕赴現場了解。到達後我聽到下方傳來狗吠聲，有些回音，水聲聽起來很猛烈，於是我膽粗粗拿著頭燈往下走，並著同行義工如果在二十分鐘後也不見我回來，就幫我報警。下去後原來那些水已淹至腰間，四面八方有很多水湧下來，因為刮颱風下大雨，但未至於山洪暴發那種。

我開了頭燈，越來越聽得清楚那狗吠聲，見到一隻約三、四個月大的小狗。由於水聲很大，我開始聽不清楚集水道外面義工的說話，我有點害怕，水差不多淹至胸口，但是小狗越吠越大聲，我很擔心，決定繼續往下走，再深入走下去，水反而少了，接近膝蓋位置。我開啟電筒，看到黑漆漆的環境裡有一雙眼睛，我慢慢走近牠，牠一直走，我尾隨，我用電筒照一照天花，那是小狗所在的位置，我看見有過千隻巨大蟑螂，颱風關係牠們都爬進下水道了，我再仔細望望四周，原來四周都是蟑螂，極度恐怖！

我再嘗試慢慢接近小狗，牠很細小，加上水的阻力，牠沒我走得那麼快，追著追著終於追得上牠。不過救到牠又要面對另一難題，就是如何回程。山上有很多條渠引水下來，然後集中成一條水道再流出大海。之前我下來時是邊走邊數著方向，左右左右左，回去時就是右左右左右。

當時人又亂又急，很容易數錯，想了幾次，試了幾次，行錯了，去了一個完全不知是哪裡的地方。我開始懂得害怕，因為水越來越猛烈，一直升到腰間，燈又開始轉暗，我死定了！水聲很大，回音亦很大，四處佈滿蟑螂，非常噁心。我提醒自己要冷靜，跟著水路慢慢走、慢慢數，終於找到回頭路。

現在回想，如果當時突然下大雨，下水道的水如山洪暴發沖下來，我就必死無疑。事後我也被義工責罵，說我這樣做「累死消防員」，我知道一定會聽到這樣的說話。但當時那隻小狗的吠聲很哀怨，牠一整天在水道一定非常害怕。事後我也很害怕，全身濕透，冷得震顫，但換來小狗不用在那裡度過一晚。

掛起風球是我們最常出動的時候，至少我會待在自己的

狗場，那裡是鐵皮頂，我們擔心整個屋頂被吹起，或吹倒某些東西，托賴一直都沒出過事。有一年颱風刮得很厲害，聽聞有其他狗場倒塌，我們馬上前往協助及營救，最後搬開鐵架救出三隻唐狗，而那個狗場的鐵皮頂就整個被吹走。

Q3. 每晚出動進行救援工作，有沒有遇過很困難的情況？例如被人作弄，或求助人提供的指示不清晰而延誤救援，甚至抵達現場後遭受阻撓？

K 這麼多年來的個人經驗而言，動物救援工作並非如想像般困難，只要你願意起床，願意前往現場，願意去搜尋，就有機會救得到。當然我不能百分百保證，但機會是很大。要數最大阻力就是「人」，意思不是說有人阻攔我的救援工作，而是人的閒言閒語，作出不正確有誤導的行為，令我感到煩躁和難受，心裡很不舒服，這些都是無形的阻力。

例如在高速公路看見一隻徘徊多時的狗隻，你過去進行捕捉，你心裡面應該很清楚知道，跟足球場上射十二碼一樣，一是捉到，一是捉不到。捉不到的話，很可能會令牠衝出馬路被車輾斃，然後別人一定會說你不懂拯救就偏偏去救，為了光環而逞強，結果累死隻狗，更影響其他駕駛人士。若拯救成功就說句：「感謝毛守」，這已是相當客氣。但你心

裡很明白，如果不去拯救牠，牠會乖乖自行走回安全的地方嗎？我不敢肯定，狗隻在高速公路旁邊走來走去，車來車往，很大機會被撞死。召喚警察前來協助，最多也是幫忙封路，警方都不懂得捕捉狗隻，最終都要義工前來幫忙。但救援工作往往是千鈞一髮，未必等及警察前來封路。以上種種都是人為構成的無形壓力。

至於半夜三更有否收過整蠱電話？當然有，而且為數不少，求救電話往往說沙頭角、流浮山、龍鼓灘有隻狗，說最偏遠的地方有隻狗受傷等等，抵達後連影都見不到，電話又接不上，接通了亦斷線。這些人的心態是想測試毛守是否真的二十四小時運作。對我而言， 如發生在以前，我會普遍相信，當遇得多這些戲弄事件就會覺得奇怪，然後冷靜回應對方，「半夜三點多，你在流浮山做什麼？」「我做倉庫的，剛下班。」「什麼倉庫？」以前會直接相信然後出動，現在會多問兩句，請對方拍相片發過來讓我先確認情況。

Q4. 這樣會否影響你對人的信心？

K 當然會，正如我剛才所言，人是最麻煩及帶來最多阻力，你根本無法知道你在別人口中是如何？我認為不用理會那麼多，只做好自己的事就夠了。有時會想，如果拯救不到這隻狗，別人會說什麼；如果這隻狗衝出馬路，別人又會說什麼？

我知道很多人都不喜歡毛守，至於為何討厭我，我就沒有深入考究。我沒有接觸過你，又沒有跟你搶過狗，又沒有問你借錢，不喜歡就不喜歡，可能全世界也不喜歡我，但我只是做回自己相信的事。

試過很多次在公路上拯救狗隻，包括屯門公路，有時是警察幫忙截車，有時是單靠自己去拯救。 事後曾在網上看到帖文，說有狗隻在公路上奔跑，被毛守救了。然後我看到有人在帖文下留言，說自己從事物流工作，經常往返屯門公路，但從未見過有狗衝出馬路，每次都說是毛守拯救，「這些狗隻是從哪裡來？心照吧！」當時我看到這個留言非常憤

怒，心裡一萬個委屈，現在我會笑一笑，然後對他說：「對，那隻狗從哪裡來？大家心照吧！」

在出帖文留言區，不難見到留言有所暗示，單打毛守刻意弄傷狗隻，並將烏蠅蟲加到傷口導致牠又吐又瀉，然後放上公路扮拯救，如果這是事實，我相信這是亞洲動物界最大的醜聞。不同的人已經說了很多，而這些無中生有的事我亦已聽夠，說了半天都拿不出什麼實質證據證明事件，但感激是也有很多人出來替我澄清。

當毛守拯救了一隻手腳都傷殘的狗隻後，又會有人說一定是很熟悉狗隻的人所為，無論誰人下手，最後又是被毛守拯救，「事情如何，你自己想想吧！」我真的聽得夠多了，謊話太沒質素，講大話也要有點深度，太不貼近事實的話已經沒有人會相信。

Q5. 你曾否遇過一些主人不准你救狗？

K 有遇過很多，其實拯救狗隻只要你願意投放多點時間和心思，今天救不到明天再去，不要找藉口說疲累、寒冷，就會很快捕捉成功。只要你出動多幾次就能掌握到技巧，所以我們的成功率算不錯。最大的阻力永遠是人，人會令事情改變，例如有主人任由狗隻嘔吐、受傷，不讓你帶走醫治。這情況即使受到法例保障，但不是經常執行，很難控告主人。第二阻力就是輿論，很多人會不認同你做的事，妄稱毛守是為了籌款及光環才去拯救。以前聽到這些會很沮喪，現在變得習以為常，每天都有人說這些話，沒人說才奇怪。

試過收到市民報料說見到有隻流浪狗在門外被車撞倒，瑟縮一角及斷了手，問我們會否前去救援？我們二話不說到場將牠帶到診所接受治療。這位求助的先生很好人，幾乎每天都去診所探望受傷的狗隻，還表示希望在牠康復後可領養牠。我們見到他真的很熱心，當然接納他領養，最後狗隻治好了，出院時埋單接近八萬元。

後來我們前往家訪，遇見那位求助人的鄰居，鄰居認識毛守，問我們為何在這裡。我說求助人很好人並想領養，所以我們前來家訪。鄰居竟說那隻狗原本就是那位求助人放養的，那天狗隻被車撞倒，因為他不想支付醫藥費，所以找毛守處理。我們才恍然大悟，原來由始至終都是一個謊言。最後我們當然沒有將狗隻交給那求助人，而是為牠找了更合適的主人。

這種事情經常發生，有次收到一位小姐來電，哭說有一家人搶走她的臘腸狗，放在自己的花園。女生提供了跟那隻狗的合照，證明自己是主人，又稱圍牆不高，大約六至七呎，只要我爬進去把狗抱出來便可。我們聽著覺得很奇怪，再追問下原來那隻狗是屬於那位小姐的前男友，後來二人分手，女的就想拿走前男友最深愛的臘腸狗來懲罰他，於是虛構故事，希望毛守能夠幫助。幸好我們沒有誤墜圈套，否則就無辜捲入偷竊事件。

人類始終會說謊，這更突顯動物的忠誠。對人，我還是保持一定的戒心，需要深思他們的說話是否屬實，要警覺一點，真真假假，要自己衡量。今天我收到一個電話，一名業主致電給我，表示因為租客沒有交租，所以上門收樓，見有兩隻貓在單位內，問毛守可否收留，又說如果毛守不收留他就送到漁護署。我回覆說我明天過去處理，順道問他租客走了多久，他說一個月，一個月沒水沒糧兩隻貓怎麼生存？業主說租客保留鑰匙，一個星期回來餵貓一次。我不能肯定他說的話是真是假，只好留待明天到場了解。

我們接觸過很多個案，例如警察來電表示到達事發現場，發現動物屍體，或發現數隻仍然生存的貓狗，問毛守會否接收？試過有位婆婆因長期病患失救死亡，列為屍體發現，警察致電我們表示單位內有四至五隻貓需要接收。到達現場進入大廈，我已嗅到濃烈的屍臭味，進入單位後看到四隻貓咪身處不同位置，牠們表現驚慌。我還看到有張椅子，上面全是血水，非常恐怖！原來主人離世數天，貓咪沒水沒糧，最後我成功將牠們逐隻捉走。亦試過多次到警署接收動物，可能如上述這個情況，主人失救致死遺下寵物，或主人牽涉刑事案件被帶返警署，警方就會找毛守收留動物。

除此以外，靈異事件也試過碰上，有一次到深水埗一戶人家家中捕捉狗隻，求助人表示狗隻一直被困在籠裡，但偷走出來後無法捉回，於是向毛守求救。我一進入單位後發現整間屋「幾乎被反轉」，衣櫃及雪櫃也被推倒。雖然那隻狗非常活躍，但我不相信由牠造成。我問那位求助者發生什麼事，是否被人入屋爆竊，他說他姐姐傍晚突然失常，推翻全屋的東西，現已被送進醫院。別人的家事我不評論，但在我捉狗時突然見到有一個白影，從一道門中穿出來，把我嚇倒，可能他姐姐也看到一些東西，所以才被嚇至失常。

我試過去墳場捕捉狗隻，狗隻很喜歡在墓碑上睡覺，一來沒有人會三更半夜去墳場，牠可以不被騷擾好好睡覺，二來地方平坦舒適，沒太多害蟲滋擾，又可以吃祭祀食物，所以有墳頭的地方特別多流浪狗。我們有時去拯救狗隻會不小心踏足墳頭，但內心不會很害怕，因為一心是來救狗，心中講句「唔好意思」便算。

Q6. 你經常半夜出動，有否遇過一些疑似超自然現象？

K 試過一次，我們將一隻被車撞死的狗隻送去相熟的善終公司，那裡門口有個位置讓我們把狗屍體放下，我們寫上公司名稱及日期，翌日員工上班時便會火化。我和一名義工駕車抵達時是凌晨三時許，那裡一盞街燈也沒有，漆黑一片，只能靠車頭燈照明。當我們準備下車時，突然看見右前方有一塊如國旗般大小的發光白布從車頭飄到車尾，沒有發出半點聲音，一秒鐘就略過，我立即下車走到車尾追看是什麼，但什麼也看不到。我和義工都看到此情景，但無法解釋發生什麼事。

朋友說是所謂的「精靈」正在修法，但我沒有很害怕，放下狗屍體便離開。後來也沒有生病，一直在做著救援的事。

Q7. 有否在接聽求助電話時遇過一些趣事？

K 有些人致電會說些無厘頭的東西，例如虛構故事或有很多無理推測，說看見一隻狗被棄養，我問他何以得知是棄養？他說因為從沒有見過這隻狗。我問那隻狗現在怎樣？他說牠正在坐著，反問我如果走過去牠會怎樣？結果狗隻起身走開了。這些情況不一定是棄養，可能牠是「陀地」狗，也可能是放養。

又試過有人跟我說樓下有隻狗被車撞到，我問對方所在位置，對方竟然說因為私穩所以不便透露，這分明是惡作劇。亦試過有人叫我拯救一隻公雞，怕牠被野狗咬，我說很難協助，因為散養家禽是犯法的，拿去漁護署也可能是人道毀滅，他又不忍心烹煮來吃。後來他表示公雞已走回山上，不用救援。

Q8. 可否分享一些令你窩心的事，例如在街上有人認得你，很感激你拯救動物，或者在餐廳用餐後有人幫你結帳以表謝意？

K 這些都試過，但對我而言不算是窩心的事。很多人以為別人認得你，便會很開心，其實是一件很麻煩的事，我完全不想發生，不知道你們是否相信。我知道有些人是很希望別人認得他，說得出他的名字，其實這並非好事。每個人都需要些私人空間，有時在街上別人看你一眼然後細聲交談，你就知道他認得你。我會覺得有些尷尬，不是每個人都想被人認得，做回一個正常人逛逛街，不用整天刻意笑面迎人也頗舒服。

試過在餐廳用餐後準備結帳，收銀員說已有人替我付款，但因為對方已離座，我無法答謝他一番好意。試過好幾次正在駕車，突然有另一輛汽車強行駛過來並差點發生碰撞，當我生氣得馬上追上前及準備表達我的不滿時，發現對方有兩個人，男生在駕駛，女生在旁高呼：「毛守呀！」我

立即展露笑容打招呼示好。

這樣是不是很開心？不是。最窩心是見到我們拯救的動物開心、幸福地生活。我曾經救過一隻狗叫「金山」，牠在金山郊野公園一帶流浪。牠的前手誤中捕獸器而斷了一截，幸好我們救了牠，之後有好心人領養，更帶牠一起去移民。「金山」很乖， 一隻傷殘的動物能夠被領養已經很難得，主人還樂意帶牠到外國，沒有放棄牠，聽到這些消息就會覺得很開心又窩心。

Q9. 有沒有出現過一個人說很想幫忙，想跟你並肩進行救援工作？男或女居多？都是年輕人？

K 曾跟我前往救援的人有很多，但無法一直持續下去，因為實在難以忍受，試過有幾個人幫忙幾天後，都說累得像做了一個月苦力。

他們男女都有，比我年輕，我覺得他們是未習慣，我做了十年八載，他們一開始肯定覺得辛苦，清晨四、五時才完成當天救援，我小睡片刻後又繼續工作，很多時他們仍然在睡覺。到他們睡醒後吃點東西又繼續工作至天亮，然後他們覺得很難捱，因為習慣不了「晚晚通頂」。我已經習慣了「晚晚通頂」也沒有問題，隨時吃和睡都可以，我一睡就好像關掉電掣一樣，瞬間斷線，小睡十五分鐘，又可以支撐四至五小時。

Q10. 所以說不太可能訓練一些人或聘請一位職員協助救援工作？

K 我曾經認真考慮過，也真的試過。要他們參與救援有一定困難及危險性，要經過專業訓練及看運動神經是否很發達，講求天份，本身有沒有魄力、體力、心力，需要很多東西合起來。很多人跟我說，外面有那麼多流浪動物，何不多開兩隊救援隊協助拯救？我覺得不可行，現時毛守的動物是由一兩位前線義工拯救回來，如果多幾隊救援隊，會拯救更多動物，我們的場地就會很快爆滿，大量動物會大大增加醫療開支，但不代表捐款會同步增加，最終情況會更加惡化。

現在的樽頸位出於領養部分，目前毛守大約有二百多隻狗、百幾隻貓正在等待領養，領養率低導致很多動物囤積。所以問題不是我們救得太多貓狗，而是領養的人太少。

Q11. 有否試過一大班人合力拯救動物，完成後很有成功感？

K 有，一般救援都是我自己一個人處理，或有一至兩個義工幫手，但有時需要動用較多義工進行大範圍搜索。有次我們需要圍捕一隻狗，將牠迫進一座四層樓高的工廠大廈。我們共有十多人，那隻狗跑得很快到處衝，我們分別到不同樓層搜索，有人守住大閘，有人守住二樓，互相通風報信。那隻狗很巨大很瘋狂，牠受了傷，最終我們成功帶牠去看醫生。這是最多人參與的一次捉狗行動，全程有攝影機拍攝，過程中見到一大班人拿著網及籠走來走去追捕，看得人非常緊張及驚險萬分。

Q12. 是否因為越來越多人認識毛守，所以香港以外地區的義工都會找你幫忙？

K 有時是當地義工致電給我，有時是香港人在當地目睹情況然後找我，可以的話我都會轉交當地義工協助，但他們面對的困難不只捕捉，還有資金。雖然在內地看獸醫的收費跟香港仍然有一段距離，但對當地人的生活指數來說，可能已佔了人工一半，加上熱心捐款的人不多，面對相當大的經濟壓力，當他們覺得情況很嚴重而又缺乏資金做手術時，就會請毛守幫忙。

用一生守護流浪毛孩

第四章：風風雨雨

Q1. 你提及有段時間感到氣餒，是否跟毛守曾經歷一些人事變動及是是非非有關？

K 是，認識毛守的人都知道我們早前有很多是非，即是有些義工在外面的作為影響到我們，不知為何那麼多人喜歡提及毛守，亦試過有部分董事因財政問題導致毛守的捐款被暫停，如果大家一向有留意都知道曾發生這些事情。我會視這些寶貴經驗為教訓，促使我成長，不會再像從前那樣空有一股熱誠拯救動物，其實還有很多東西要處理及兼顧。以前我看到很多資料，以為大家都喜歡及愛幫助動物，我負責這些事，你負責那些事，就這樣簡單。

現在我知道事情並非如此簡單，你還要好好監察這件事，因為每次都可能被「有心人搞破壞」，令事情變質，最終受害的是動物。雖然我經歷了長時間的內心爭鬥，當中亦發生了很多事，慶幸最後都能夠克服，否則就不會有今天的毛守，不會有今天的我。每個經歷都會令人成長及改變，只希望自己能夠越做越好，勇於面對未來更多挑戰。

Q2. 或許有些讀者不知道毛守曾經歷人事上的變動，你會想藉著這次機會讓大家了解發生過的事，還是認為無須再提起？

K 我不覺得是一個釐清，亦不怕提起。在這界別那麼久，一開始都是想看看有什麼可以幫忙，然後發現原來有很多求助個案，做著做著就越來越多人認識毛守。當時也沒有很多動物組織在做著同樣的事情，主要是狗場，狗場不會做拯救，只會收費後讓你將狗隻放到狗場並有人代為照顧。即使有些慈善團體也是依賴募捐供養一群動物，很少主力做拯救。

毛守出現後，有些人才知道香港原來有這樣的一群動物，沒了半邊臉， 腳上中了捕獸器，為什麼以前沒有見過？因為從來沒有人搜捕牠們，這時有人會覺得你很厲害，有人就覺得你心地壞，弄出這樣一隻狗來籌款。無論怎樣，總算開始有人認識及支持毛守，我們都是老實、勤奮、默默地做很多工作，我們的理念就是想幫助這些動物。本身我也很「捱得眼瞓」，是很「爛做」的人，我拍廣告經常連續幾天不分晝夜工作，不用睡覺，拍攝完畢就下班去玩去吃飯，跟捉狗的時間也差不多，沒有特定下班時間，即使下雨也是「直踩」，今天捉不到就明天再來，明天捉不到就後天再來，最後還是會捉到的，所以當時受到不少人支持，我也感到很開心，大家都願意支援流浪動物。不久我們覺得要成立一間診所，過程中難免會有人事變動，很多人出出入入，義工也會離開，到現在也一樣，義工做得不開心也會走，有些因為工作或結婚而走，離離合合。因為我主要負責救援，所以很少留在診所，那裡的事都交由其他義工負責。

記得毛守在2016年註冊成為慈善機構，開始越來越多人支持及捐助，但我發覺有問題存在，每個月二十多萬的捐款轉眼就花掉了，花在哪裡？都給了醫生。我覺得這樣不是辦法，萬一突然經濟不景，甚至有人抹黑毛守令捐款大減，我們的動物仍是需要金錢的幫助。有些動物傷得特別嚴重，就需要籌集更大筆金錢去支付醫療費，平時普通一隻狗可能花上三、四萬元，傷得特別嚴重的那隻可能要花十數萬元。籌得多，支出亦多，很容易入不敷支，非常危險，所以才想到要開一間診所。一來可減少醫療開支，二來會更加方便，看醫生時間較彈性，長時間留醫都可以，起碼不用看別人面色。

很多診所都不願意接收毛守的動物，到現在也是，因為義工帶過來的動物，一隻狗背後可能有一群人關注，能醫治好當然好，萬一醫治不好恐怕會被「唱通街」，加上多多少少被要求打折扣，錢不多之餘，狗隻的情況亦特別複雜及嚴重，死亡率高，不是普通傷風咳，分分鐘需要住院個多月。住得太久醫生也不太喜歡，影響他接新症賺錢，而且每個醫生都希望自己能夠「妙手回春」，毛守的狗隻情況惡劣，醫不好實屬正常，但對醫生來說就是失救，影響聲譽。

又例如對護士而言，洗傷口看似簡單，但對著毛守那些比較兇惡的大狗，洗傷口時可能會襲擊護士，雖然你可以鎮靜麻醉牠，但不可能重複多次，洗不到傷口又會令問題惡化，所以護士面對毛守的個案也變得忐忑，以致我有自設診所的想法。

剛剛開始時我覺得大家都幫得上忙，我可以專心在外面做救援，其他董事或義工就留在診所工作，但後來發現原來只是我一廂情願，事實並不是這樣。之前毛守依靠捐款，說得難聽點就是「靠乞」，但有了診所後， 有些董事認為這是賺錢的機會，視作一盤生意。由於大家看法不同，因此有了人心改變。那位董事提議加多兩位合作開的義工入董事局，到投票時他們竟然連成一線，原來他們一早已有目標地進來掠奪診所，最後診所被他們變賣了，錢亦拿走了，那時候我才真正完全明白，原來動物世界並非如我想像中簡單，人才是當中最難搞的問題。

我曾經看過一篇文章，說不要對人太好，否則別人就變成「老馮」，要適當地拒絕，不能每件事都遷就別人，更不要做「Yes Man」，令我學會了很多做人的道理。在義工界很多人都是人前人後兩個模樣，在你面前就叫聲「Kent哥」，背後就說你的不是。我見識過不少，令我大開眼界。義工界那種人事的複雜和做人的虛偽，我在廣告界打滾了這麼多年也沒有遇見過。

為什麼義工會這樣？現在我總算有些體會，大家互相排斥，彼此討厭，說來說去都是為了金錢和光環，別無其他，動物對他們來說反而是其次。毛守將動物放在第一位，但原來不是每個人都這樣，我為此感到非常失望，但也沒有辦法，現實就是這樣，我們也學會如何處理這個問題，就是做好自己的事，盡量不要跟別人爭吵，不要理會其他人，不要比較。因為無論你做什麼，都會受到閒言閒語，世界上不可能每個人都喜歡你，也沒有人會特別照顧你的感受。

那位女董事將診所賣走後，我就馬上凍結毛守戶口，我負責做前線，她是負責做後援，錢銀的事都由她負責，停止了毛守捐款，大家亦動用不到戶口裡的錢，這樣毛守將會無法生存下去，因為仍要支付醫生費用、場租、同事薪金。對方搶奪了診所，她亦要靠戶口裡的錢去付診所租金。由於戶口被我要求凍結，有錢也提不出來用，於是她發了瘋報警，指控我與數間向來合作的診所的單據出現問題，當時嘈得沸沸揚揚。警察開始調查，一查就查了兩年，發現公司沒有少了一毛錢，所有診所單據亦有紀錄，在證據不足下撤銷一切控告，還我清白。最後該女董事把診所「賤賣」，並把診所改了名，現在她已舉家移民。

這就是毛守之前發生過的人事變動，過程中鬥爭了一段長時間，對方發動網上攻擊，開很多「鬼 account」製造謠言，「生安白造」，有人選擇相信我，亦有不少人懷疑我，但都不重要，我解釋也沒有用，不是走出來說兩句就能釋除疑慮。那時是2017年至2018年，都已經是六年前的事，我兩年前已經循民事訴訟途徑追討另外兩位董事的缺失，而官司至今仍未完結。

Q3. 會否因為從前的一些經歷，令現在有新義工加入時會影響對團隊的信任程度，或自己會因而多參與行政工作？

K 現在確實變得不容易相信人，另外有一件事很奇怪，我發覺我比較喜歡以前的自己，不喜歡今天的我。以前的自己很開心，每件事情都很簡單，簡簡單單地開心，不用把事情複雜化。但現在發現原來要保護動物，首先要好好保護毛守，而要好好保護毛守，就要對人存有戒心，要保持距離，不可隨意混熟，不可隨便對人說真心話，要對人有所保留， 心底話不能全部透露。

當發生開心事時想跟別人分享及慶祝，別人都未必會真心祝福你，反而會覺得你囂張，「有什麼了不起？」以前我不知道這些，現在我知道了，所以會對人保持一定距離，不會像從前那麼容易相信人。

不過人始終會有弱點，現在每天都盡量參與更多工作或我認為較重要的事情。當時間有限卻有很多想做的事情，

人就會變得煩躁，忽略某些事，要從中取得平衡非常困難。每天毛守都有很多瑣碎事情要處理，義工人數卻並非如想像多。就我每天接電話的情況計算，一個月的通話時間是一萬八千分鐘。我無法想像自己如何可以談一萬八千分鐘電話，好像事無大小都與我有關，有些是致電來試探你，有些是想奚落你，有些是真心求助。

Q4. 有否想過一起做動物救援工作的人，彼此之間可能為了利益或名氣而起爭執，可以如何化解？或者你對他們有沒有什麼寄望？

K 所謂「人心隔肚皮」，我相信沒有什麼方法可以化解，人家想什麼你都不知道。這種事情我經歷很多，現在我對人的信任度很低，但我都是照樣做著自己的事，一個社會不可能完全沒有好人。你見到他，他見到你，大家對望而笑，但千萬不要想著交心，亦不要想太多。

義工界或動物界這麼多年來只有兩樣東西，一是光環，二是利益，所謂利益就是籌款，如果毛守籌不到款項，我肯定沒有人會說三道四，都無法經營下去，還有什麼壞話可說，你不要前來借貸就好。萬一籌款不錯，別人就會眼紅，甚至乎不喜歡你成功捕捉，希望你捉不到。

老實說如果大家都是真心為動物好，我沒有時間去做，你去做，我也希望你會做得到；我沒有位置暫托，你有，那今次就交給你，下次我有位就放在我處，這樣才能真正幫到

動物，而不是大家互相鬥爭、仇視，動物的福氣被人性掩蓋。

雖然我知道大家都喜歡動物，但在人性、利益、光環面前，動物的利益可能被放到最後。不是那麼多人願意為了動物而包容對方，「我可以包容動物，但我不可以包容人」，這是我所看到的。

希望以後大家都可以成熟一點，無論是機構、義工或狗場之間，大家互相幫忙，這樣才能真正幫助動物， 他們都是因為人的緣故而得不到妥善的對待。

我經常聽人說，「Quality of life」生活的質素，「Animal right」 動物權益 ，「Animal welfare」動物福利，其實說到最後只有一個字，就是「人」，有人，就有Quality of life。就算你的狗隻癱瘓了，你有人照顧牠，幫牠翻身、抹身、餵食、處理大小二便，牠也算是有Quality of life。

但如果沒有人理會狗隻，就算牠有多健康，放置牠在貨倉門口日曬雨淋，都沒有Quality of life。可見人為因素很重要，你願意為一隻動物付出，那隻動物就能過上有質素的生活，就是這麼簡單。

如果大家都願意多走一步，不要這麼吝嗇自己的東西，不要將自己無限放大，多點幫助動物，牠們是知道的，這是牠們的福氣。

Q5. 你有沒有什麼話想跟其他為動物謀福祉的義工說？

K 我不敢說太多，這幾年我學會了很多，就是不要衝出來說話，否則就會容易引起某些人不滿，香港人很小器，我自問很謙虛，會盡量用謙卑的態度去做自己的工作，但是仍是有人會有意見，所以我沒有什麼話可跟他們說，我只是覺得如果大家一心想幫動物，應該將人與人之間的是非及個人情緒放到一邊，因為那些都不及動物重要，大家能夠相遇是因為都想幫助動物，而不是為了想爭吵，所以應該互相包容，「若要人似你，除非兩個你」，我不覺得吵架可以解決問題，反而真真正正放下身段，不要計較太多。

Q6. 毛守成立多年以來，有試過公開棄養者的容貌嗎？有過這樣的爭議嗎？

K 沒有，只試過有一次，有一隻叫「小牧」的牧羊狗，在荃灣一個天橋底躺在地上動也不動，我們前去拯救。後來發帖文後，有人說車cam拍到主人的容貌，但我們從來沒有將棄養者的容貌刊登出來公審，我不肯定對方是否混淆了毛守跟其他組織。

早幾天又看到有人在網上罵我，說我們這麼快又搬狗場，說我們自稱被人趕走然後又借故籌錢，但事實上我們七年都沒有搬過場，很明顯是有人把我們跟其他組織混淆了。

Q7. 這麼多年來遭受到那麼多抨擊，不論是誤會還是惡意攻擊，你有試過反擊嗎？

K 有，也是兩次，太過份我才會發聲，最近一次是有一名女子，我幫了她很多次，每次都是需要到大帽山救狗，無論情況有多惡劣，被烏蠅蟲或捕獸器弄傷，我都不拒絕，然後有一隻狗需要截肢，我收留了牠，到現在還在我公司。

早前那名女子又撿到數隻幼犬，但我真的沒有位置收留，於是拒絕了她， 換來是說毛守不是好東西，只是為了光環和金錢。我真是十分生氣，幫助你那麼多次沒有答謝一聲都算了，我幫助你十次，不幫助你才一次，你就說毛守是不誠實的機構，這樣會令人對毛守不信任，會令動物得不到幫助。 除非有真憑實據，否則請你不要說出如此不負責任的話。

很多人在罵我，但請你不要罵毛守，因為毛守每天仍有很多義工在為動物做事，你說毛守「X街」我就很生氣，希望當面對質。

我很少會這樣憤怒，因為實在太委屈。你做的事就是出個帖文然後說撿到隻貓狗，其實每天很多義工都做著同樣的事。但凡無中生有我就很難接受，侮辱人的話人人都懂得說，你侮辱我、侮辱毛守，我都可以侮辱你，但我不會這樣做，因為我比你有修養。

Q8. 有否試過在毛守專頁公開指責某些人？

K 沒有，我不會做這些事，就算關於我的指責也不會在毛守專頁出現，因為我想毛守成為一個最單純地保護動物的平台，我不想弄得像私人恩怨的討論區，我不想這些事情發生，非常幼稚，我相信大家支持毛守是因為我們沒有是非。其實不是沒有，只是我們選擇忍氣吞聲，不去計較，毛守最多是非，最多是指責我們「唔傷唔救」，當你缺乏收容位置及缺乏資源時，我相信你都會跟我一樣「唔傷唔救」。我們籌款都算理想，我們亦拯救了很多嚴重受傷的動物，正如我之前所說，你越救得多別人就越不喜歡，為什麼是你救而不是他救？ 無疑這會引發很多指責。

我本身不介意拋頭露面，只要你真心幫助動物，就一定要有人認識及認同你。有人認為我大可戴著面具、不發一言去拯救動物，可能有人覺得這樣做很偉大，但我不敢苟同。有義工跟我說，幫助動物最緊要低調，因為高調就會招來攻擊，這可能是你的選擇，我完全不同意，我認為做人可以低

調，但在幫助動物時就不應低調，說真的為了動物我不介意這些攻擊。我明白大家都不想被人指指點點、被人公審，但我相信高調會比低調更能幫助動物。但凡有人談及流浪動物的問題，我就會回答，不會推辭。

我覺得你想幫助動物就要這樣，默默地付出很偉大，但號召力不夠也難喚起各人的關注，遊戲玩法就是這樣。

Q9. 受了那麼多冤屈氣，你會想透想這本書或有什麼途徑宣洩嗎？

K 沒什麼，正如我所說，都已經過去了，現在提起，你見我都不是怒氣沖沖的樣子，都很平常心，當你沒有情緒，就不會想太多，擔心這樣做別人會怎樣想，很多事你會有所猶豫，變得沒那麼直率，隨心、隨意是最重要的一件事。我覺得你去幫助動物，自己也要開心，沒理由帶著委屈去幫忙，我希望是雙贏，我開心地去工作，同時又能幫助牠們。

Q10. 你說過曾經想放棄不救，那段時間成立了毛守有多久？最後怎樣熬過？

K 兩、三年前，我的心理質素很差，每天都不想做救援，覺得很辛苦，沒什麼意義，每天開著車山長水遠去搜尋動物，怎樣救也救不完，得個「做」字，沒人會體諒你。沒有目標，沒有憧憬，自己都不知道在做什麼，完全提不起勁，覺得自己做不到，做得不好，又會無故情緒低落及哭泣。

那時已察覺自己有情緒病，但自覺不太嚴重，還能控制住，不是要生要死那種。於是選擇看開點，少看社交媒體，看太多留言真的會令人很憤怒，我決定不理會、不回應，只做自己的事。

我經常說，你又不是我，你怎知道當時要怎樣做呢？你一定要設身處地，才能明白箇中感受。正如我下水渠救狗，到現在還歷歷在目，當時的氣味，四周的蟑螂，嘈吵的水聲，黑暗的空間，響亮的回音，要置身整個環境才能明白有多恐怖。

所以你問我當時為何想放棄，即使我說你也不會明白，就好像進入了一個密室，走不出來，又好像一個人在沙漠行走，一路行一路行，前面見不到水源，回頭看又走了很遠的路，想回頭也不太可行，只有你一個人在走，究竟要走到什麼時候呢？

動物救援是一件很孤獨的事，我看外國的影片，有六、七個人去捕捉一隻狗，買個芝士漢堡包，接著跟狗隻說聲「good buddy」，牠就會走過來搖尾巴，上了一條狗帶就能送到診所。我們香港的狗不是這樣的，牠們會躲起來，會千方百計避開你，會攻擊你。每次救援，我只知道一件事，一定要一擊即中，這樣才可以幫助牠，這就是我的工作及使命。

若你錯失了捕捉的機會，牠可能明天不再出現，烏蠅蟲會把牠弄死，這就錯失了唯一一次拯救牠的機會。因為你忐忑，因為你懷疑自己，因為怕別人說你用棍索鎖牠的頸，而改用繩子或狗帶，誰知這樣就被牠掙脫了，間接導致牠失救

死亡。所以救援說來輕鬆，但到現在每次見到狗隻準備去捕捉時，我的手仍會顫抖，內心非常緊張，心知機會只得一次，牠不會給你第二次機會，一定要一擊即中。事實上是否真的可以每次都一擊即中呢？我自己都未必可以肯定，但憑著經驗，認真地去做每一次救援，已對得起動物。

Q11. 你經歷情緒低潮的時期是否很短暫？最終因為內心掙扎很大始終無法放棄？

K 當時我覺得是心理因素令自己無法繼續走下去，需要暫停一下，加上資金不足，又沒有動力去做，勉為其難去做卻很辛苦。但暫停一段時間後才發現原來不切實際，暫停原來並非一個選擇，而是一種逃避。我還是會記掛街上受傷的動物，還是會擔心沒有人去拯救，滿腦子都是這些事。那時候頹廢了差不多兩至三個星期，我又重新站起來。

過程中確實有很多情緒，你聽我經常提到情緒，人是會受到這些影響。當然現在我已不容易受人影響，自己盡量看透一點。我記得曾經有一隻貓患上腎病及很多其他問題，醫生說無法救治，需要人道毀滅。當時我很惆悵，毛守救了一隻貓回來，然後說要人道毀滅，肯定被人罵慘。大家好像有一個誤解，毛守救回來的動物是不能死的，一死就是騙財。那時我們在社交平台發帖文，表示醫生考慮人道毀滅，毛守會給牠十天時間，如果十天內有人願意收留及照顧牠，就不

會作出人道毀滅。最後那隻貓捱到第七天死去，獸醫鬧我太保護毛守，累貓兒無辜多受苦七天，按病情其實七天前就應該人道毀滅。

獸醫的話真是一矢中的，毛守怕被人詬病，選擇犧牲動物，我難辭其咎。這經歷令我檢討，日後必定以動物福祉為先，應該人道就要果斷決定。

Q12. 你是否不太贊成有工作犬？

K 是，我覺得動物就是動物，說得難聽一點，請不要利用動物。例如倉狗用作看門口，得不到適當的照顧，要看門口不如加設CCTV更有效，狗隻最多就是吠兩聲，賊人一樣可以有方法毒害狗隻然後潛入爆竊。愛護動物是不贊成有工作犬，又說訓練牠緝毒，又訓練牠緝爆炸品，但如果說動物權益，牠們不應該招呼及討好人類，牠們應有自己的生活及生命意義。奈何狗隻要成功被領養，不懂得sit，又不懂得hand，領養者可能就會失去領養的興趣。

就好像培育青少年一樣，你讀書成績理想之餘，還懂得彈琴、打高爾夫球、打網球，分數就會高一點，著數也會多一點。但事實上動物是否真的需要做這麼多去討好人類呢？我經常覺得動物就有如女朋友，你喜歡她，就要包容她的缺點，而不是訓練她對你千依百順，回家時拿拖鞋給你，煲湯煮飯，這樣你就會開心嗎？但如果有義工說訓練狗隻一些基本東西令牠較容易找到新主人，我是不反對的，只是我自己不會這樣做。

Q13. 對於安樂死的看法，是否可以跟你提及的「Quality of life」互相呼應？

K 很多義工很抗拒亦很怕談論安樂死，因為太敏感容易觸發情緒，我都曾經因為安排動物進行安樂死而被公審，其實每件事都有不同的角度去看，不能說誰對誰錯。從醫生的角度，如果動物無法醫好，代表牠正在受折磨。狗隻應該追趕跑跳碰，吃東西及玩耍，而不是躺在床上患有肉瘡，又流膿，要人「放屎放尿」。醫生在動物福利的角度而言，安樂死對牠應該是最好。但請原諒不是每位醫生都會顧及照顧者與動物之間的感情，很多人對安樂死的看法是個人情感大於動物的實際需要，我覺得這件事無可厚非，亦沒有對錯，當你是照顧者而你的動物需要面對安樂死時，你的看法又會變得不一樣。

到現在毛守開設診所，我嘗試用不同的角度來學習，大家都知道毛守是一家幫助流浪動物的機構，提倡的是 Animal Welfare。如果你家中有一隻貓咪，牠截了肢，你可

以繼續照顧牠，因為牠是你的寵物。但毛守救回來的貓咪，如需要截肢，醫生就會考慮到牠截肢後要人手照顧，面對漫長的領養路，沒有人領養就在那裡受苦，從整件事來看，牠根本就不應該截肢，應該考慮put down (人道毀滅)， 這就是動物收容所醫療 (Shelter Animal Medicine) 跟家中愛寵醫療的分別。

我知道這樣說大家未必會同意，但是如果用醫生的角度或者是對動物公平的角度，其實未必是錯。我經常在想，我們救回來的那些動物是不是真的有給予牠適當的福利呢？在shelter裡，在暫託家中，牠是不是真的開心？是不是真的應該截了牠的腳，保住牠的命，放在這裡直至有人領養，等至天荒地老？我會反思這些問題，牠有生命，但不開心，如果我困住你但你不開心，我給你長命百歲，你會怎樣想？那什麼時候畫一條線呢？在哪裡畫一條界線是很重要，亦存在很多爭拗，我不知道什麼是對是錯，只知道在這個問題上有很可能性及有很多不同的看法。

福利的意思是什麼？動物福利又是什麼？我覺得大家真的要認真想想，不少人會指責我們救狗變成殺狗，但當你親身見到牠受苦，你可能會有另一個想法。

這都是我們的經驗，從而改變了自己的看法，可以說是比較客觀，由多角度去看一件事或者逆向思維，看如何演繹這件事是有得著的，即是對生命、對福利、對動物是有得著的，不再只用自己的角度去看，就是我花多少錢，我籌回來的錢，我做多少次手術，我都會令到你生存，然而生存其實不是真的最緊要，不痛苦，不辛苦才是最重要。我和很多醫生談論過這個問題，我們幫助動物更不應該迴避這個問題，因為這是經常會面對的事，我想大家多作探討，希望越辯越明。

Q14. 你會否有時反過來想，我們人類覺得動物很可憐在受苦，其實動物本身的求生意慾很強，牠還想生存下去？

K 我有深思熟慮過，這是一個感情用事的問題。所有動物都會求生，只有人類才會求死。就算牠遇到什麼都好，牠都會求生，但人類因為失戀，或有怨念就求死， 我們是否很脆弱？

因為動物無法為自己下決定，所以如果人類覺得牠沒機會康復，牠是在忍受痛苦、不舒服的話，人道毀滅都不為過。牠吃東西代表牠想生存下去，但不代表牠不痛苦，狗隻有很強忍耐力，你見牠斷手斷腳還隨處走，但你可不可以當牠沒事？

我相信醫生的專業判斷，醫生又跟牠無仇無怨，如果醫生要賺你錢，應該醫到千秋萬世，我認為醫生是有專業操守。加上我自己接觸過那麼多動物，如果牠要不停打止痛針，不停地吊皮下水洗腎，又要每天為牠翻身，「放屎放尿」，皮

膚潰爛，不如讓牠早點離開，對牠可能更好。

然而這時你又判斷牠可能不想走，你怎知道牠不想走？吃東西不代表牠不想走，這件事情沒有答案，讓動物自然離世可能是一種折磨。

我曾經在銅鑼灣街上碰到一位國內男士，他先問我是否做動物相關的工作，我說「是的，我很喜歡動物」，然後他用一些不太流利的廣東話說，他以前是一個和尚，現已還俗，當時我心想：難道是「猜猜我是誰」那些騙子？

他說見到我身邊有很多黃色的光，我問是否有鬼？他說不是鬼，那些是動物的靈。那麼有光是好還是不好？他說很多都是來保護我及報恩，但當中亦有些怨氣。

我說我沒有傷害過動物，他問我有沒有試過人道毀滅動物？我想想都有二百隻左右吧，他指其實不要人道毀滅，因為牠可能前世做了一些事情，今世來贖罪或者要報一些東西給人，牠本身要捱七天，而你第二天已經人道毀滅了牠，牠下一世又要再重來。

我向他解釋，我是不可能見到動物這麼辛苦都不處理，讓牠苦撐至死，我不會說「牠今世報了，下一世就可輕身上路去投胎了」這些話， 這是我與動物的緣份，牠遇到我，我人道毀滅了牠，冥冥中註定是緣份，沒法逃避和改變。冥冥中主宰了這件事，不是由我決定，這個經驗很有趣。

用一生守護流浪毛孩

第五章：伸出援手

Q1. 關於營運方面，現時毛守的資金是否百份百依靠公眾捐款？

K 對，我們沒有其他生意業務，也沒有售賣自家產品營運。我不介意透露，其實在獸醫中心成立初期，數名有財力人士希望參與投資，但一一被我們婉拒，因為我們擔心將來會出現意見不合的情況。

毛守成立的目的是希望幫助更多流浪動物及減輕其他義工的負擔，減少醫療費用，變相令更多動物得到救助。而投資者往往是著眼於利益，希望能夠賺錢，我們怕日後雙方起爭執就會更加麻煩，所以前後婉拒了三名投資者。我們希望毛守獸醫中心的方針或理念能夠單純些，不要牽涉太多東西。

Q2. 由毛守成立初期至目前，在募捐方面是否遇到困難？多年來有沒有轉變？有沒有一些定期的捐助者？

K 轉變很大，近年香港有一批人移民，以中產階級居多，令我們的支持者或捐款者明顯減少，約佔三份之一，但動物受傷數量及醫療費用都不斷增加。經濟欠佳，棄養情況嚴重，有人跟我們表示因為獸醫收費高昂，所以無法再養下去。這是整個香港社會面對的問題，有些人失業，有些人身兼數職，物價昂貴，政治不穩，經濟前景不樂觀……諸如此類。由去年聖誕到今年農曆新年期間，前來領養的人很少，領養率創近年新低。

定期捐助者的人數及捐款金額都比以前少，大家都明白是受到經濟問題這些外圍因素影響，所以很難要求太多，我們已相當感恩。

Q3. 對於寄養家庭和領養動物有什麼要求呢？

K 對暫托家庭的要求就是照顧動物的起居飲食，還希望做到最基本的教導狗隻，例如不要亂吠、隨行，外出大小便訓練，這樣才能令牠日後被領養的路變得平坦，不致被人「彈鐘」。坦白說每個人養狗都希望狗隻不會帶來太多麻煩，很多人在領養後才發現問題多多。我們很想說明一下，有時領養者對狗隻有很多不切實際的期望，希望牠不會長大、很容易相處、什麼都懂……我明白每個人對狗隻的要求都不一樣，所以在領養時會說得很清楚，狗隻會長大，可能生長到二十二公斤，還有狗隻會生病，要為牠絕育，杜蟲，打晶片，每年都要打針，這些都是十分基本的事。我們會清楚告訴領養者，狗隻有什麼狀況和需要，應如何處理這些問題，希望說多一點，對方日後「退狗」的機會少一點。

一個沒有飼養狗隻經驗的新手，問題多多是很合理，一個狗主有十條問題，十個狗主就有一百條問題，有時我們的義工都對那些千奇百怪的問題應接不暇：一隻狗不停地吠應如何處理？一隻狗不吠，難道牠是啞的嗎？一隻狗吃很多東西，有沒有問題？一隻狗不吃東西，有沒有問題？一隻狗不上廁所，有沒有問題？ 一隻狗一天上很多次廁所，是不是問題？

其實每一個都是問題，我們會循循善誘，慢慢地解釋給他們聽，「不上廁所可能是緊張，請給牠一點時間」，「不停去廁所可能為了霸地盤」，用我們有限的知識盡量解答，希望領養者不要退狗。一位新同事來到公司都需要時間磨合，狗隻也需要一點時間去適應新環境，只是有時人太沒有時間觀念，希望狗隻可以馬上做到他所期望的事。

Q4. 有否試過領養一段時間後退回狗隻的情況？

K 有很多，對此我們沒有辦法，懲罰也沒有用。另一種應該受懲罰的是疏忽照顧動物的人，當有人弄死動物，我們會很生氣，即使不是毛守的貓狗。前幾天有三隻貓被鎖在一間廢棄學校的班房，班房裡面是全密封的，聽說有人將傢俱搬進那所廢校的班房，隨手關門時沒有留意有三隻貓闖入，那些餵貓的人找了差不多一個月才找到貓。當我打開班房門時，一隻貓十分虛弱，一隻貓還可以，另一隻已死去，這是數天前的事，現在兩隻貓都在我們的診所。

Q5. 你們能不能統計到毛守的領養率有多高？

K 其實不低的，我們歷來拯救了四千多隻動物，人道毀滅的我想有幾百隻，自然老去的約六百隻，我們現在保留著三百多隻，其他就是被領養了。領養率是很浮動，幼犬幼貓當然很高，成年貓狗就很低。現在這個階段是冰河期，歸咎於經濟壓力、對前景的信心。你要明白一個社會越繁榮，貓和狗的比例會調轉，越繁榮養狗的人越少，養貓的越多，因為屋少人多，養貓較簡單。這是不變的，狗隻體積較大，又有噪音問題，就算養也會選擇小型狗隻。

自香港法例139B生效，要求繁殖和售賣狗隻需要有牌後，毛守拯救的是貓多於狗，因為139B沒有覆蓋貓，所以有很多關於貓的繁殖、受傷、遺棄、生病的個案，之前繁殖狗場都轉成繁殖貓，不停繁殖名種貓，你可看到整條勝利道都是貓店。

香港為什麼有那麼多流浪或者被人遺棄的動物？因為香

港是一個很特殊的地方，國內的城市有花鳥漁蟲市場，亦可見到很多稀有品種動物。香港旁邊就是大陸，走私動物不是新聞，當中很多有傳染病，但牠們被注射強力抗生素，來到香港藥力一過就會死亡。你現在到深圳或廣州的花鳥漁蟲市場買一隻狗，多付數百元，明天就可以在旺角火車站交收，這是公開的秘密。

Q6. 現在社會大眾普遍對保護動物的意識有所提升，如果在街上看見一隻動物受了傷需要拯救，我們應該怎樣做？

K 如果大家在街上看到一隻動物，擔心牠有危險或受傷，第一時間可以拍張照片再放上社交平台，看看附近有沒有義工能夠提供支援。又或者打給我們，毛守的電話是二十四小時開放，看看能否提供協助。如果情況太危急或嚴峻，就真的要盡快找到幫手，愛協也提供二十四小時服務。

有時我人在港島，狗隻在新界，能在新界找到支援就最好，如果不緊急，可以耐心等我們過來，然後帶牠到診所。

有時你不知道動物正在做什麼，牠坐在街頭其實並沒有發生什麼事。我經常見到有狗隻坐在高速公路旁邊，以為牠被車撞，到我停車想上前查看，牠就迅即離開。

很多狗都喜歡在高速公路歇息，那裡沒有人，只有車，牠們不怕車，只怕人，所以喜歡坐在路邊休息。但是你很難知道牠有沒有受傷，除非有豐富經驗，否則便要走到牠旁邊，看牠能不能站起來，才知道牠有沒有受傷。經驗告訴我們很多狗隻都喜歡坐在公路旁休息，如果是被車撞倒，樣子看上去會有所不同。

Q7. 網上看到任何有關貓狗的事，大家都會問有沒有打給毛守，其實你覺得什麼情況下需要找毛守？

K 我會這樣看，他們打給毛守是對我們的一份信任，老實說如果曾經做過貓狗救援的人，或你有貓狗需要救援，在網上搜尋是沒有什麼選擇，其他機構往往只找到Facebook Messenger或電郵地址，沒有WhatsApp，更不用說直線電話號碼。就算找到電話號碼也未必有人接聽，往往下午四、五時已無人接聽。但我的電話是二十四小時，凌晨四、五時都有人接聽和前來跟進，毛守答應你的都一定會做到。

可能每個人在街上看見一隻流浪動物都覺得需要致電毛守，他們不懂得分辨，在下雨天見到有隻狗在街上走過覺得很可憐，但同一時間我們可能正在處理比較嚴重的個案，手斷腳斷躲在山上，或撞車後不見了，我們正在搜尋。其實這一分鐘在街上的流浪狗有數萬隻，我不是說牠們不值得救，但也要有選擇性，一輛車、一個人、一 雙手，加上有限的金錢及空間，只能選擇一些較嚴重的個案來拯救。但只救較嚴重的個案，又會有人說「不傷不救」很有問題。如果是以這個角度去看，那麼消防員、警察、醫生統統都很有問題。這是供求問題，沒辦法，大家都不想，我也想全世界的動物都能被救，但我沒有這個能力，十分無奈。我們已經二十四小時去做，但總會有做不到或遲到的時候，我們不是區區都有義工坐在車上等待隨時出動救援，我們又不是救護車，但總是有些人不明白。

有人說「有動物受傷找毛守」其實是對我們的信任，我們答應了會盡能力去做，即使到達後找不到都一定會回覆，拍照給對方了解情況，讓求助人知道我們曾經去過，會提供更多資料。為了避免不信任的猜疑，我學會了每次出動都一定要拍照及拍片，例如我救了一隻狗，之後牠死去，別人會質疑是不是你捕捉時太粗暴所以弄死牠？是不是你想省錢所以沒帶牠去看醫生失救致死？所以每次我救狗後都會在車上拍下牠活生生的樣子，有些人實在太無知，我要保障自己、動物及毛守，有必要這樣做。

我心想，既然你不相信我就別找我，捉到後又怕我把狗隻弄死，那你一開始就不應該找我，而去找你相信的義工。正如你邀請我到你家用膳，就代表你對我信任，而不是飯後到處看看有沒有東西不見了，銀包在不在，錢有沒有少？但人就是這樣，我依舊是那一句，盡力去做，做到多少就多少，你不滿意也沒有辦法，總有人會有意見。

我試過捉了一隻貓，回來後失救死了，翌日就在網上被人公審，我不明白為什麼毛守救回來的動物一定不能死亡，是大家對我們太信任，或是覺得我們出手診所一定救得到，康復後一定有人領養？事實上我們都是凡人，那隻貓一下子就被我捉得到，以經驗來說都知道牠一定有問題，命不久矣。毛守最大的缺點就是狠不下心腸，講得難聽一點，你要救你自己去吧，我們不會去，我又沒欠你什麼，毛守又沒收費，你自己一手搞掂！你救完之後那隻貓死掉，我就在道德高地招呼你，這些話我都懂得說。這是令人氣餒的原因，之前停止拯救，不多不少都是為了這些無中生有的攻擊。

用一生守護流浪毛孩

第六章：新的一頁

Q1. 不如談談新開的診所，這不是首次開設診所，為何會萌生再次開辦診所的念頭？

K 開診所是必須的事，多年來我們遇到最大的阻力就是醫治方面，即診金及相關醫療費用太龐大，第二就是很多獸醫都不願接收毛守的動物，這點我能理解，我們動物的狀況都很惡劣、很棘手，而毛守資金有限，獸醫可能會擔心能否付得起醫療費用。毛守的狗隻往往需要留醫一段長時間，死亡率甚高，獸醫都希望自己經手的動物能夠存活及康復，如果接收容易死亡的動物，分分鐘影響個人聲譽，所以他們都不太樂意處理我們的個案。

當一隻狗需要留醫多時，並不是那麼容易處理，特別是體型巨大的狗隻，餵食及清潔時可能會攻擊人，那獸醫們為何不選擇醫治兩頭體型細小的名種狗隻？基於以上考量，我們認為最理想的做法就是有自己的診所。

加上最近兩年很多獸醫集團化，集團出手很闊綽，成功招攬大量獸醫。但所謂「羊毛出自羊身上」，當成本上漲時，

自然會轉嫁到消費者身上，加價是無可避免，現在收費較一年前已增加差不多20%。

開辦診所主要是希望毛守的動物救援工作可以持續下去，不然就會很快倒閉，因為即使拯救了也得不到適切治療，所以我認為開辦診所是理所當然的事。問題是需要籌集一筆資金，而毛守的資金非常拮据，慶幸有很多熱心人士，最終成立過程比想像中快。

原先預計在2024年底開業，但當前形勢不允許我們等待，實在有太多醫生選擇離開香港，留在香港的醫生變得很揀擇，大多不願處理毛守的動物，而且醫療費用太高昂，種種因素令我們迫於無奈要盡快開辦診所。

Q2. 你在尋找毛守診所的獸醫時是否非常困難？

K 外面很多診所表示請不到醫生，但我們的醫生並不是我們刻意去找，反而是他們主動接觸我們。有不少醫生想參與動物福利的事宜，或者想做一些不太商業化的事。他們得悉我們將開辦診所就主動聯絡是否需要醫生合作，我們就馬上答應了。

Q3. 為什麼會選址火炭？

K 大約兩年前我們已開始蘊釀開辦診所這件事，但是一直找不到適合的舖位，試過在深水埗大南街一帶找尋，那裡布行多，租金相宜，而且間隔「四正」，沒太多柱子，約一千六百呎。這個尺寸當然不足夠，我們有很多動物，單單今天計就有二十多隻動物分佈在不同診所，如果我們自設診所，這些動物都會由我們自行處理及收留，所以我希望面積可以再大一點。我試過找雙連舖，但要同時交吉又願意租給我都相當有難度，以致找了兩年多也找不到合心水的舖位。

輾轉間我們想到工業大廈，面積肯定大一點，為怕騷擾到其他人，我們盡量找附近沒什麼居民，樓上樓下不多人的地方，最終揀選了火炭現址，因為上面是停車場，毗鄰是大單邊，對他人影響有限。最重要是空間大，有八千八百呎，能容納我們這麼多動物。還有我覺得火炭的地理位置很方便，連接多條隧道，無論去荃灣、出九龍，入大埔、粉嶺甚至元朗都很快，加上租金合理，最終選定火炭現址。

Q4. 診所是否都會兼顧街症，一來可以幫補營運經費，二來可以讓大眾有個較合理價錢的選擇？

K 我們稱得上「毛守獸醫中心」，用「毛守」做牌頭，一定是以流浪貓狗及義工為先，當然情況許可下我們都會處理街外客人。要繼續營運，救助流浪動物，就需要開源節流。「開源」不用多說，很多人都覺得我高姿態，經常接受訪問宣傳自己，「懶有型」地說東說西。其實我只希望更多人認識毛守，了解並支持我們的工作，愛護香港的流浪動物。至於「節流」就是自設診所節省成本，如果每個個案都能節省約30%的醫藥費，就可以幫助更多動物及義工。

Q5. 會否在火炭診所舉辦參觀活動或開放日宣傳毛守或保護動物的訊息？

K 會，我們有這麼大地方，一定會用來進行教育工作。我們有大小手術室各一，小的主要用來做絕育手術，大的就可同時進行其他手術，互不影響。後面有領養部，動物就不用舟車勞頓，每星期山長水遠找人接載牠們出席領養日。現在大家隨時可以前來探望貓狗及申請領養，這些貓狗在熟悉的地方會表現得比較穩定，減少驚慌，流露真性情。我希望可以善用這個空間做更多好事，令更多動物被領養。

教育方面，我們已跟不少宗教團體及學校聯絡，最簡單就是邀請學生前來做義工，或做一些心靈教育工作，又可以開辦一些課程跟他們討論香港流浪動物的問題，這些都是未來我們很想做的事。

Q6. 你們傾向教育公眾一同參與救援工作嗎？

K 我們會讓大家知道目前香港流浪動物是如此多，當中不少嚴重受傷，情況悲慘，到底是什麼原因導致香港有這麼多流浪動物？又有什麼方法可以減少數量？當基數少了，受傷的數目也會變少，是成正比的。其次就是一起了解周邊地區例如台灣、泰國、馬來西亞、日本是如何處理流浪動物問題，他們的政府有何策略？民間又有什麼援助方式？希望透過探討形式讓大家了解及正視問題，而不是追究責任誰屬。

Q7. 我知道你們在元朗有個基地，深水埗也有，兩者有什麼分別呢？

K 深水埗是TNR〈捕捉、絕育、放回〉中心，元朗是安置狗隻的基地。TNR中心是讓完成絕育手術的動物休息的地方，不少義工跟我們反映所遇到的難處，就是捕捉了一頭狗隻並已安排牠進行絕育手術，但絕育後需要休息一星期，義工家裡沒有地方可以收容狗隻，或本身已養了一隻狗，又或是住公屋不准養狗。如果即日把狗隻放走，外面可能下雨或潮濕，荒山野嶺，對傷口不好。深水埗的TNR中心就是給義工安置狗隻的地方，讓他們可以無後顧之憂。

但久而久之有了些轉變，我們毛守安置動物的地方也不足夠，加上越來越多獸醫不做絕育手術，一來賺的錢不多，二來不容易處理，試過有狗隻在絕育手術過程中流血不止，所以獸醫都選擇較容易賺錢的事情來做，斷個症、開個藥，不必冒險，以致TNR中心已沒有多少做絕育手術的動物留宿。少了絕育手術，多了流浪動物，這是我們最不想看到的情況。

用一生守護流浪毛孩

第七章：展望未來

Q1. 有否計劃進一步開設更多獸醫中心？

K 這是一個很好的問題，現在第一間診所首要是處理好毛守的動物，再開第二間或第三間的話就不一定選址香港，因為香港經濟環境差，如果你要幫助更多動物，可能要開拓大灣區，而所做的工作不只是拯救受傷的動物，而是要從教育方面入手，甚至提升到關注動物權益的層面，才可以長遠幫助動物。內地很缺乏這方面的組織，那裡地方很大、人很多，所說的話要說很多次、說得夠大聲人們才聽得到。所以要做得好，在內地就要付出更大的努力，還有我覺得內地的動物福利是需要被重視，牠們的生存空間比較少，動物政策就是國家政策，例如國家政策說現在有瘋狗症要殺狗，到處捉狗來打死，沒有牌照就拿了你的狗人道毀滅，不會跟你交代。如果你令到這件事引起社會關注，會否造成妨礙國家政策？或者是國安法，令你墮入法網。又例如國家沒有禁止吃狗，而你提倡不准吃狗，會不會有影響？

我不是內地人，不知道那條隱形界線在哪裡，不像內地

人從小到大都知道這樣做可以，這樣做不可以，他們說每一句話都知道有沒有危險，而我們不知道，說完之後可能會出事，我也擔心這件事會發生。但如果說在內地開一間獸醫中心，找來一個高質素的醫生，我覺得是絕對可行。

不過內地的醫生質素很參差，有很多不是很老實，明明不用做這件事又叫你做，不用吃這東西又叫你買給狗吃，但其實根本沒有吃過，那樣東西根本就不存在，聽名字好像很厲害，但如果你懂就會明白根本沒有這東西，也沒有需要，純粹是為了賺錢。

Q2. 你有否想過退休？將來會有接任人嗎？如果退休會否擔心流浪動物的未來？還是真的很累想休息一下？

K 很久以前已覺得很累想休息一下，結果一直支撐到現在，首先要找人接手是非常困難，這不是一門生意，而是很大的一件事，分分鐘是死路一條。但大家不用擔心，無論如何我們都不會放棄這些貓狗，我們會在一起，絕對不會人道毀滅，希望獸醫中心能夠持續運作，讓這群動物有一個容身之所。如果將來經濟許可，我希望可以買一塊地興建一個又大又美觀的狗場，冬暖夏涼。現在的狗場用鍍鋅坑板建成，夏天很炎熱，冬天很寒冷，情況不理想。興建新狗場後會成立基金，足以應付每月支出並持續營運下去，請人負責照顧動物，即使我百年歸老數十年後，流浪貓狗都繼續有地方安身立命。

我相信流浪動物的問題不會在幾十年內可以解決，希望數十年後仍然有人可以照顧牠們。這件事說來有點遙遠，現

在第一步就是先辦好獸醫中心，提供適切幫忙。

現在我想看可否做少些救援，放多些時間在診所或其他地方，因為我覺得捉狗捉了這麼久，是時候用其他方法去幫助動物，例如把診所的收費降低點，或透過教育帶來一點改變，但這件事是很難的，我真的沒有大量能力，還有毛守背著這麼多貓狗，這條路應怎樣繼續走下去？我想了很多，有沒有一個適合的人能接手呢？有沒有人這麼有能奈被人指指點點？

我都想盡量找其他人做救援，但很多事情要考慮，很多東西還沒有答案，很多事情不知道該怎麼做。我相信香港還有很多愛護動物的人，希望這件事不只我一個人做，而是很多人一起做，令事情向好的那邊發展。

至於有沒有退休計劃，近兩年我有想過，以前我是從沒想過的，每天就是埋頭苦幹地做做做，近兩年我在想有沒有其他方式，或者分派某些工作給別人處理，令我可以有自己的生活，做些自己喜歡的事。雖然現在毛守做的事都是我喜歡的，但我只是在做單一一件事，我還有很多其他事情想做。

例如我想搬到國內居住，一來生活成本指數較低，二來我很喜歡到處走走，希望可以自駕環遊全中國，在車上放些藥物，路途上遇到動物需要幫助都可以伸出援手。我還想以一個普通人身份開設一個網上專頁幫助動物，專頁名稱我都想好了，叫做「神州守護行」，這是我現在很有動力想去做的一件事。

由廣東省出發，一直駕車前往西藏、內蒙，用我僅有的知識及隨身帶備的藥物，幫助一路上遇到需要協助的動物，這樣我會過得很開心和充實。我想無憂無慮地過生活，內地除了一線城市如北京、上海跟香港差不多外，在其他地方生活不會有太大壓力。我有很多親戚在順德，跟他們喝茶、吃飯，車子開到那裡就停泊到那裡，不用找停車場，也不用找收費錶。雖然看似很小事，但不用擔心抄牌，已讓人很放鬆，沒什麼包袱和顧忌。

退休後我希望優哉游哉地慢活，但一定要有動物，不可

以沒有動物，沒有動物的日子會很難過，即使我不再做毛守，不再做救援，我都想關顧一下內地的狗隻。我是一個很喜歡動物的人，還有我認識很多內地義工，我只是將香港的生活圈子和做著的事搬到內地，由生活節奏緊湊變成放慢腳步。國內的獸醫收費便宜，我相信有能力負擔，加上自己有點醫學常識，相信可以幫忙一下。

Q3. 你覺得政府在關注流浪動物方面是否可以再做多些？

K 我不敢說他們是否可以做多一些，有時覺得他們沒什麼可以做，除了人道毀滅。人道毀滅是源於之前香港或者周邊國家有瘋狗症，沒有人領養或沒有人認領的狗隻都會人道毀滅，避免疫情擴散。現在演變成四天沒有人認領就進行人道毀滅，但香港已經數十年沒有瘋狗症個案，應該要改變這個情況。

政府政策需要改變，不可以持續這樣做，對動物很不公平。如果漁農自然護理署真的對動物好，例如我的狗隻失蹤或受傷，漁護署前來接手，我們應該很開心、很安慰，可以救助狗隻。但實情是我們會很擔心，毛守要跟漁護署「鬥快」，否則狗命難保，有時甚至要扮狗主去贖回狗隻，分分鐘還可能被控告，要錄口供及上法庭，非常諷刺。

大家都知道，我們在山邊放置一些捕狗籠，希望可以捕捉到受傷的狗隻。我們有個牌會寫明是「毛守」、電話號碼

及放置捕狗籠的原因，但漁護署仍會收走我們的籠，說是捕獸器。如果真的是捕獸器，又怎會如此明目張膽寫上公司名稱？寫這些資料讓他們控告嗎？真正的捕獸器又不去處理，這是我們經常見到的情況，非常無奈。

棄養你又不去執法及罰款，因為門檻定得太高，難以執行。你去問一隻狗牠是否被人棄養，牠不會懂得回答你。你很難控告一個人棄養，即使你在街頭見到有隻狗在遊蕩，查看晶片知道狗主是誰，你也告不了他棄養，因為要有動機。

「牠有手有腳，我倒垃圾時牠自行走出街，我沒有棄養。」你要很戲劇性地看到有人開著車將狗隻踢下車，然後開車走，狗隻在後面追趕，而他沒有停車，但他也可以辯解是跟狗隻在跑步……所以棄養是很難控告，政府從無成功控告，然而法例是存在的。

但如果有義工去贖回狗隻，就會被控告。我們經常說，我們寫下籠是屬於我們公司及聯絡電話，你就又鎖籠又控告我們；我不寫任何資料，你鎖了我的籠，也不會告我，是否很荒謬？所以法例是希望我們及義工不要寫下任何資料嗎？

在政府的角度，動物都是麻煩的事，不想處理，於是選擇一成不變，墨守成規，跟從前那一套就好了。

Q4. 對香港目前的動物政策有什麼想法或建議？

K 我覺得如果毛守可以改變香港流浪動物四天就人道毀滅這件事，我就真是心滿意足，心甘情願第二天就退休了，但這件事當然不是那麼容易。

台灣於2017年開始零撲殺及零安樂死，至今已七年，他們都是走過很多艱難的路才有今天，這是一個政策，執行政策就要有措施配合，例如多建一些動物收容所，但要興建也不是一朝一夕的事，起碼要大半年，當動物收容所接收了很多動物，問題就會出現，包括打架、傳染病、集體死亡，過於擠迫導致情緒問題等，所以不能強來，因為牽涉生命，而台灣就是走過這些路，從錯誤中學習及改善。

加上要有教育工作配合，推動領養文化，政府、民間團體、志願機構、慈善團體及動物福利機構，全台灣上下一心去做，例如我居住的地方可以收養一隻動物，我就跟政府的動物收容所接收一隻動物暫托，好讓收容所可以騰出空間幫助其他流浪動物。又例如強制所有動物植入晶片及絕育，否則主人會受到重罰，台灣的政策是做到這樣，值得香港借鏡。

台灣有很多省，並非每個省都是零撲殺，實行零撲殺的省現在都奉行一件事，在街上的流浪動物全部已絕育及植入政府晶片，待他百年歸老時會照顧牠，其他就出領養。這件事管理得很好，但香港好像做不到，人家2017年已開始經做，我們仍是遙遙無期。

台灣有瘋狗症也可以這樣做，香港沒有瘋狗症，只是周邊地區有，反而四天就人道毀滅，我知道更多是不夠四天。如果香港有動物機構、義工、獨立人士、愛護動物人士或福利機構，可以令政府停止這個政策，我覺得是一個很大很大的進步。

還有現在我知道動物福利法準備出台，這就是說狗主或照顧者需基於動物福利做很多事情，如果狗有什麼問題，主人或者照顧者就要問責，這是好事，相對來說是進步，但是很緩慢。如果源頭即絕育或者政府政策那邊做不好，其實永遠都是杯水車薪。一想到這些東西，人就變得很沮喪，但是做人做了這麼久都知道不是每件事都可以解决，不是每一隻動物都會得到善終。正如你要接受一件事——不是每隻狗都能被捉到。

政策確實很重要，影響很大，我相信政府絕對有能力做，政府的獸醫比我們全部義工加起來還要多，如果他們不做，我們又怎去做呢？但他們用自己另一套方法去做，我不明白為什麼政策跟動物福利之間有著如此大的落差。

我曾經跟相關部門開會，問過處長，問過獸醫，沒有人能夠回答我。明明漁護處在云云政府部門中是最應該幫助流浪和野生動物的，但往往是他們第一個出來殺死牠們。我覺得動物政策是時候要檢討了，一九六幾年的法例到現在還在沿用，實在諷刺。

一想到這些我又會問，為什麼周邊的國家可以做得這麼好？例如泰國，對動物很好，大風大雨會提供地方給牠們暫避，動物機構、福利機構都做得很充足，政府也很樂意協助他們。

雖然知道的事情多了，但我還是幫不了很多，人家說能力越大責任越大，我想做多一點，唯不是那麼容易，只好跟自己說不要那麼上心，不然會很辛苦。

Q5. 會否擔心這些政策會令有意飼養貓狗的人覺得門檻高了，反而少了人領養？

K 這個問題我曾談論過，就是這樣很多人都不為動物植入晶片，到狗隻走失或被遺棄時「你奈我唔何」。現在政府正在做，例如在街上見到一隻狗，漁護署有權查你有沒有狗牌，即場掃狗隻有沒有晶片，沒有就會警告或直接控告你，亦會到狗公園隨機檢查。

其實這件事一向都應該要做，但很多年沒有做過，現在突然間做回，人們就覺得「搞錯」。我認為這是一件好事，我希望每隻狗都有晶片。我知道香港有很多棄養個案，但從未成功控告主人棄養，因為門檻很高，這些東西都需要向其他地方學習，但現在好像連學習都不想，我覺得我有生之年都未必會見到。我當然很希望不要再人道毀滅這些動物，因為流浪不是罪，流浪被你捉到已經很可憐，牠還以為有一線生機被人領養，結果是被殺死。

我之前捉了一隻狗，頭部被烏蠅蟲侵害至爛了一半，現在在我的診所差不多康復。村民跟我說那隻狗自小已經流浪，靠撿垃圾吃，沒有人理會牠，但那隻狗很溫馴，我跟那隻狗說我救了你，不會放回村裡，我養你吧！牠十幾歲，都沒有多少年命，但是很溫馴，牠含情脈脈看著我，牠的眼神令我很感動。牠大半生流浪，我覺得很可憐，如果被人道毀滅就更悲慘，我希望牠有好日子過，不用再在街上流浪。

你問我有沒有動物令我感動，那種感受很難說給你聽，反而有不少人感動到我，例如有很多竭盡半生餵流浪動物的人，那些餵狗的叔叔姨姨，他們拿很多廚餘，用很多方法找糧食，每天到上山餵飼那幾隻貓狗。如果香港沒有這些人，那些貓狗都死了，他們真的不問回報，十號風球都上山。

這些人有一個特色，就是經濟很拮据，年紀大，付出很多，體力很差，「餵得一日得一日」，還有他們的家人都不贊成他們做這件事，有些甚至乎是沒有家人，那些貓貓狗狗就是家人，亦有一些比較神經質的，他們跟動物太過親近，跟人很疏離，不懂溝通，可能會因為小事就罵人及翻臉，但是他們真的很疼愛貓狗。

用一生守護流浪毛孩

第八章：驀然回首

Q1. 如果可以回到以前，你還是會選擇創辦毛守嗎？

K 會，我覺得毛守能夠幫助動物，亦成功令更多人關注流浪動物。我們的專頁有十六萬個Like，不過近年增幅較以往慢，因為我們沒有付款做推廣，而且很多post也因為血腥而被拉黑，接觸不到受眾；加上有很多中產移民，他們最有能力亦最喜歡養狗，相對領養的人都少了。我們都覺得較以前辛苦及較難經營，但也沒辦法，這是我想做的事。如果重新再來，我會檢討一下毛守的路應該怎樣走，令毛守不再受那麼多攻擊，我會更加審慎了解人性，不會那麼輕易相信人。

現在我這個人較以前多疑，我最不喜歡自己的性格變成這樣，你說的話，我現在是不會完全相信。例如你說在某處發現一隻狗，以前即使是半夜三點我都會馬上起床開車過去了解，到達後毫無發現，回撥電話又幾天都找不到人，如此被人陷害過很多次，現在偏向不相信人。其實我很不喜歡自己這個模樣，但我又要保障自己和毛守，會變得很警惕，你叫我跟你進村，我會害怕，擔心會出事，因為我得罪人多，曾為了繁殖場跟有勢力人士吵架，又試過在地下賭場救走一隻狗，因為對方虐畜，那個人都是有背景的，我會擔心有人報復或傷害義工，但是吃得鹹魚抵得渴，唯有小心行事。

入村常會遇到有人問我：「你知不知道我是誰？村裡面很多人認識我，我是陀地。」又有些人會說自己是「邊辮」，我們會遭受到不禮貌對待，他粗聲粗氣是因為他學識少而已，讀得書少不是罪，任由他吧，包容就可以了。不過因為我們做動物有關的工作，很多人都會屈服，或者說「算了」，但如果是他養的狗受虐待或者不妥善對待，我是不會算的，我會用我的方法「搞」那些人。你認識一些人，我也認識一些人；你有方法，我也有方法，我也有很多支持者，我也不是正經人。你有律師，我也有數名大律師；你有警員，我身邊也有很多。根本不需要搞這些，我只是想你的狗安好，你只要搞定牠就可以，不要跟我說你是誰。

無論如何，我都沒有後悔做這件事，有人問我為什麼仍持續地做？每星期都沒有放假，七天二十四小時一直做，面對這麼多風風雨雨是是非非都沒有停下來，沒有放棄。如果你做前線，相信你都會和我一樣，當你看到那些動物的慘況時，是不能夠忘記的。我現在閉上眼都會想起那些動物是怎樣，那些眼神、那個肢體是想放棄，快要死去，血淋淋，站不起來，這些會令你繼續幫助下去。我覺得是他們感動了我去做這件事，我的改變也是因為動物，我覺得要回饋給他們。人類對牠們不好，我想做些事補償。

Q2. 做了那麼久，最大感受是什麼？

K 其實我做了救援動物這麼多年，很老實說，身心都很疲累了，捕捉狗隻對我來說已沒有什麼挑戰性，我都是以平常心去做，不會像剛開始時給自己那麼大壓力，很介意別人怎樣看毛守，很介意是否捕捉得到，很介意別人怎樣談論我，在意的事情實在太多。

現在我全都放下了，毛守在欺凌中成長，我完全不知道幫助動物是需要面對如此多的事情，一心以為大家都是想幫助動物，做多做少也沒有所謂，但日子久了才發現現實不是這樣，原來有很多人不認同我的做法，他們寧願犧牲狗隻的生命都不想牠被我捕捉得到，認為成功捕捉對我有利，可以有機會成名及賺錢。

當時面對這些情況，我亦感到無可奈何，自己都未必改變得到自己，要改變這些人的想法， 絕非一朝一夕可以做到，需要長時間下很多功夫，但都不保證一定能改變得到，因為他們已經先入為主。

所以說到最後，其實什麼都不用做，做自己認為合適的事便可，人家喜不喜歡也好。我現在是很平常心，這樣反而更得心應手，不用過於顧慮別人的感受，不用再理會我這樣做這樣說會不會有問題，全憑自己的感覺去做，就好像退休了，不會再有壓力，慢慢地去做自己喜歡做的事，而我喜歡做的事就是幫助動物。

如果說我的工作是為了拯救動物，很辛苦，這樣會無形中為自己增添壓力。這麼多年來我們都明白，不可能幫助到每一隻狗，盡力就好了。每次捕捉都是冒險，不可能說一定要捕捉到哪隻動物，拯救得到當然好，拯救不到也沒有辦法，跟人類的命運一樣。有時去十次都找不到那隻狗，到第十一次去時見到的已是狗隻的屍體，這些事情經常發生；有時又會去一晚已成功捉狗，接著帶牠看醫生，安排領養，主人很疼愛牠，過得很幸福。我覺得這些都是際遇，牠遇到我，我盡力幫忙，成功與否，不能責怪任何人，包括我自己。

過往我面對鏡頭或者接受採訪，內容全部都是關於流浪動物的事，今次這本書內容雖然並非精心策劃精雕細琢，但每一句都是我發自內心的感受。多年來我絕少談及自身的事，點點滴滴，今次可能是我首次或者最後一次說那麼多。回看文章感覺有點戚戚然，但願人的問題不會影響動物，流浪動物都是香港的一分子，願更多人接納牠們，愛惜牠們，守護牠們，讓愛終止流浪。

毛守救援——
用一生守護流浪毛孩

口述：Kent

筆錄：歌歌

出版人：卓煒琳

編輯：區杏芝

美術設計：Winny Kwok

插畫：@Wilson_artwork

出版：好年華生活百貨有限公司

地址：香港九龍彌敦道721-725號華比銀行大廈501室

查詢：gytradinggroup@gmail.com

發行：一代匯集

地址：香港旺角龍駒企業大廈10樓B&D室

查詢：2783 8102

國際書號：978-988-76520-8-3

出版日期：2024年6月

定價：$120港元

Printed in Hong Kong

免責聲明：
本書所有內容和相片均由作者提供，內容和資料僅供參考，
並不代表本出版社的立場。本書只供消閒娛樂性質，
讀者需自行評估和承擔風險，作者和出版社不會承擔任何責任。

毛守救援——
用一生守護流浪毛孩